【最強の整備士】役立たずと言われたスキルメンテで俺は全てを、「魔改造」する!

“Saikyo no seibishi” Yakutatazu to iwareta skill mente de ore wa subete wo, “Makaizou” suru!

~みんなの真の力を開放したら、世界最強パーティになっていた~

1

手嶋ゆっきー

Illustration
ダイエクスト

CONTENTS

第一章

第二章

第一章

"Saikyo no seibishi" Yakutatazu to iwareta
skill mente de ore wa subete wo,
"Makaizou"suru!

第一話　勇者パーティからの追放

『スキルは世界を支配する』

俺はこの言葉が好きだ。

子供の頃から俺は、ずっとワクワクしていた。

どんなスキルでも整備《メンテ》でき、調子を上げられるという能力を俺は持っている。

このスキルがあれば将来、何にでもなれると信じていた。

なのに……。

「フィーグ、お前の正式採用はなしにしたいと思うのだ。いいな?」

「えっ⁉　どうしてですか！」

勇者パーティ試用期間の最終日。俺は勇者アクファに呼び出された。

田舎から王都にやってきて、俺は勇者パーティの正式メンバーになるために頑張ってきた。それなのに……。

戦力外通告だ。

「悪いな、さっき決めた。理由はわかるな?」

「わかりません。今までずっと、パーティメンバーのスキル整備をしてきたじゃないですか⁉　今までの採用してやるとの言葉は、嘘だったのですか?」

正式に勇者パーティの一員となれば、王国からの支援も受けられ、より多くの報酬が貰えるようになる。

そうなれば魔法学園に通っている妹の学費の支払いにも余裕ができる。

俺たちには親がいない。だけど妹のアヤメには精霊召喚士の才能があるので、魔法学園に通って勉強して欲しいと思っていた。仕送りのために、俺は一生懸命頑張ってきたつもりだ。

「それはな、お前のスキルメンテとかいうスキルがゴミだとわかったからだ。この役立たずが！」

「そんなことはありません！　俺のスキルは多くの人に認められています。勇者アクファ、あなたのスキルもいずれ暴走するでしょう。その前に整備をしたほうが……」

「俺の勇者スキルは暴走などしないのだ」

「違います。実際、俺が来る前に一度暴走したことがあると聞いています」

ダンッ！

勇者アクファは拳で机を叩いた。大きな音がする。

「暴走はその一回限りだ。もう暴走などしないのだ！」

スキルの暴走は適度な休息を取っていれば防げる。

しかし勇者パーティには多くの依頼があり、そのどれもが難易度が高い。本来なら多くの休息が必要になる。

その休息期間を短縮するのが俺の「スキル整備」だったはずだ。

「ですから、スキルは酷使することでいずれ暴走します。勇者パーティメンバーのスキルを瞬時に回復、覚醒させてきたのはこの俺です。今まで役に立っていたじゃないですか⁉」

「なあ、フィーグ。俺様はいちいち口答えする態度が気にくわなかったのだ！　しょせん凡人以下のお前は、俺様に言われたことだけをやっておけば良かったのだ！」

「……ずっとあなたの言う通りにしていました」

勇者アクファは俺に「戦闘中は余計なことをするな、見ているだけにしろ」と俺に命じていた。

戦い方を提案すると、勇者アクファは「お前に何がわかる？」と聞く耳も持たなかった。

チャンスすら与えてもらえなかった。

「俺の完璧な指示があったのに、お前は何一つ役立たなかったのだ！　ハハ、本採用されずに残念だったな！」

「ですから、俺はパーティみんなのスキルの整備を――」

「違うだろう！　お前は何もしておらず、パーティにいる聖女デリラによって体力も含め回復できていたのだ。休息は元々要らなかった！」

「いいえ……今の依頼のペースだといつかきっと暴走します」

「デタラメ言いおって。この能なしめ。どうだ、うまかったか？　俺の活躍で得た報酬で食う飯は⁉」

「……あなたは、間違っている」

「俺は勇者だ。間違うわけがないのだ！　それに比べ無能のお前は……何もせずとも報酬が貰えるなど、羨ましいわ、本当に！」

勇者アクファはさらに口元を歪めて続けた。

「だいたい、スキル整備と言って女の体にベタベタ触りおって。スケベ心で触りたいだけだろう？　お前が考えていることなんてお見通しなのだ！」

「直接触れたほうが短時間で済むと、何度も説明したでしょう？」

「フィーグ、お前はまだ口答えするか。ギルドの依頼でお前を受け入れていたが、とんだ食わせモノだったのだ。これ以上話すことはない！」

結局、最後まで俺の話を聞いてもらえなかった。

くそっ。これまでさんざん勇者パーティに貢献してきたのに、その仕打ちがこれか。

「いつか後悔しますよ？　俺が、いつかきっと新しいパーティを作って見返して――」

「くだらん！　お前がどうしようと、三流以下のゴミパーティにしかならん」

「やってみなければ……わからないじゃないですか」

「何を言っても無駄だ。お前が勇者パーティに所属していたという事実だけでも許しがたいわ。フィーグに命じる。今すぐ、俺サマの前から消え失せろ！」

こうして、俺は一方的に勇者パーティを追い出されてしまったのだった――。

◇◇◇

勇者アクファがフィーグを追い出してから数時間後。王都冒険者ギルドの一室、そこに勇者アクファの姿があった。

「なあ、デーモ。やっとアイツを追い出したのだ」

勇者アクファに話しかけられたギルドマスターのデーモは報告書の束をパラパラとめくりながら応える。

「フィーグか……？　わかった、手続きは任せておけ。自主退職だと上には伝えておく」

「助かる。だが俺様の一存で追い出したことは隠しておきたい」

「ふむ。口封じでもするか？」

「そうだ。そういえば、俺が名前を貸しているパーティがいただろう？　【アクファ同盟】だったか？　アイツらは俺の言うことならなんでも聞くし、腐ってもSランクパーティだ」

「そいつらに何をさせる？」

「フィーグを追わせ、襲わせろ。どうせ、アイツは前線で戦えないボンクラだ。楽勝だろう？」

「ハッハッハ、お前が言うならそうなのだろうよ」

「俺サマが追い出したときのアイツの顔、見せてやりたかったのだ！」

勇者アクファは、足を組み、ドカッとギルドマスター室のソファに座る。その顔はまさに醜悪だった。

「周りの者どもはフィーグのスキルが素晴らしいとか言っている。だが、そんなはずはないのだ！

俺サマの勇者スキルのがよっぽど凄いのだ！」

「そりゃそうだろう？」

「それなのに色々文句を付けやがって……。だが、追放だと言ったときの顔を思い出すと……ぐふっ。笑えてくるわ」

楽しくてしょうがないという様子で勇者アクファはガハハと笑った。デーモと二人で酒を酌み交わす。

そして、別の悪だくみを始める。

これから先、王都冒険者ギルドをどのように操っていくか。ギルドに集まる多くの金をどうやって横領するのか。冒険者からどうやって金を巻き上げるのか。

「そういえば、俺サマが見つけたミスリル鋼の鎧はどうなった？」

「勇者印《じるし》を付けたおかげでよく売れるわ。それに安い装備は全て買い占めて、品薄になっている。レベルの低い冒険者は嫌でも勇者印の鎧を買うしかない。笑いが止まらないほど売れている」

「さすが俺様の印だなぁ。ワハハハハ。転売のほうもうまくいっているな？」

「ああ。勇者アクファ、あなたは最近人が変わったように悪知恵が働くようになったなぁ。頼もしい限りだ。買い占めた装備に色を塗り、勇者印を付けるだけで爆売れだよ」

王都冒険者ギルドマスターという立場を利用して、勇者と懇意になったデーモは甘い蜜を吸おうとする。

二人はまだ気付いていない。

割と早い時期に、そのもくろみが崩れ去ることを。

今ある地位を、失っていくことを。

いや、地位どころか――。

第二話 スキル改造

俺は勇者パーティをクビになり無職になった。人格まで否定されて、やる気がなくなり死にたくなってくる。

王都にいるとまた勇者アクファに会うかもしれない。

会ったらきっと嫌味を言われるのだろう。もう嫌だ……。

「よう兄ちゃん、元気ないがどうした？」

とぼとぼと道を歩く俺に、屋台のおっちゃんが声をかけてくれた。

「いや……職を失って。仕送りもあるしどうしようかと……」

「そうかい。色々あるだろうけど、王都が辛《つら》いなら故郷に帰るのも悪くないかもよ？　まあ、これでも食って元気出しな！」

よほど俺が酷い顔をしていたのだろう。気の良いおっちゃんは、俺に肉の塊が刺さった串を渡してきた。

『もしお前が他のパーティに参加しようと、三流以下のゴミ集団にしかならん』

勇者アクファの声が頭の中でこだまする。王都にいると、またアイツの悪態を聞くことになるかもしれない。

……そうだな。故郷に帰るのもいいかもしれない。

冒険者をやめて、他の仕事に就くのもありだろう。ただ、その場合はゼロからのスタートだ。いくつか仕事を掛け持ちしないと、妹の学費を支払うことはできない。

でも、この王都にいるよりはマシな気がする。

「そうだな……もう、未練もないし」

俺は故郷に帰ることにした。

妹や王都で世話になった人たちに手紙で連絡をし、出発する。

故郷に向かう乗合馬車に乗り込んだ。

馬車の荷台には、俺以外に商人風の男が数人、そして金属製の全身鎧を纏った怪しい剣士が一人乗っている。兜の中の顔は包帯に包まれており、男なのか女なのかわからない。瞳は鋭く光り、俺を見つめている。

あの全身鎧は見覚えがある。確か勇者印の装備とやらで王都ギルドが売り出していたものだ。少し高価なものだったはず。それなりの腕の持ち主なのかもしれない。

もっとも、俺の知り合いではなさそうだ。どうして俺を見つめてくるのかわからない。俺は視線を逸らした。

二週間後。

俺の生まれ故郷イアーグの街はかなりの田舎だ。周りは山や森ばかりの景色になっていく。

馬車を乗り継いで旅の終わりが見えた頃には、馬車の乗客は十人程度になっていた。

あの全身鎧の剣士も一緒で、相変わらず俺を見つめてくる。とはいえ俺に危害を与えてくる様子はなかった。

俺は一度話しかけたのだが――。

「なあ、そこの鎧の人、どうしてそんなに俺をジロジロ見るんです？」

「……や……やだ、話しかけられた……」

緊張したような、小さな声が漏れる。女性で、俺と同じくらいの歳じゃないだろうか。

「ん？」

「ちっ、ちがっ……べ、別にあんたのことが気になるわけじゃないんだからね！」

妙に感情のこもっていない答えが返ってきた。これはあれだ、よく小説とかで素直になれない系女子が言うセリフ。

ただ、そのセリフって見ず知らずの相手に使うものじゃないハズだが……。

「俺のこと、知っているんですか？」

ぷいっ。

顔を横に向け、俺の問いに答えてくれなくなってしまったのだ。

特に危害を加えてくる様子もないので、俺は一旦スルーすることにしたのだった。

◇◇◇

昼過ぎになり太陽が高く昇っていた。目的の故郷の街までもう少し、そう思ったとき……森の中で異変が起きる。

ヒヒーン！

馬の悲鳴と共に酷い揺れがあり、馬車が止まった。外からはビュウビュウと強い風の音がしていた。外を覗くと、馬車を囲うように暴風が渦巻いている。

その景色を見て、馬車の乗客は騒然とする。

「お……恐ろしい」

「あと少しで森を抜けられるというのに、どうしてこんなことに？」

何人か魔法の心得がありそうな人もいるのだが、何もできないようだ。

俺は周囲を注意深く見渡し、状況を確認する。この行動は勇者パーティにいたときのクセのようなものだ。

「ぐあっ……なんだコイツは……？」

声のしたほうを向くと、馬車護衛の兵士が剣を構え森の出口を見つめている。

兵士の視線の先には、緑色のヴェールをかぶった女性が見えた。半透明で、向こうの景色が透けて見える。

普段は温和で優しい性格なはずだ。しかし、今の表情は怒りに震えており、バチバチと光の筋が周囲を包んでいる。

「シルフィード《風属性の大精霊》が、なぜこんなところに……！」

暴風の原因はこのシルフィードだ。

このままでは、あの暴風に俺たちの乗っている馬車が巻き込まれてしまう。何か策はないかと考えていると、暴風の奥から逃げるように一人の少女が走って向かってきた。

「たっ、助けて……！」

切羽詰まった少女の表情を見て、俺は反射的に馬車から飛び降りる。

すると、俺の背後から制止する兵士の声が聞こえた。

「おい、お前！　一般人は馬車の中に戻れ！」

「いえ、俺は勇者パーティの……」

返す言葉を失う。

俺は勇者パーティを追放されたのだ。今はどのパーティにも所属していない。冒険者ですらなく、無職だ。

しかも、俺はスキル整備士《メンテナー》。後方で、前線で戦うメンバーの支援を行うことが多い。剣技や魔法を使って、高位の精霊であるシルフィードに抵抗するだけの力がない。俺の頭の中に、勇者アクファの声が響く。

——このボンクラが。何もするな！

俺はいつも勇者アクファにそう言われていた。

しかし今、俺に指図する者はいない。だったら……！

俺は制止の声を振り切り、駆け出した。

先ほどの少女の方向に走る。

一四か一五歳くらいの少女で、妹のアヤメと同じくらいの年齢だ。

「あぁっ……助けて！」

その少女は俺を見るとしがみついてきた。ぶるぶると震えている。

美しい金髪が目を引く。しかし、服装は随分大胆で、面積の少ない白い布を纏っており、肌の露出が多く目のやりどころに困る。

胸の膨らみや腰のラインが露わになっており、俺に接しているところにはふわっと柔らかい感触、さわやかな甘い香りも漂ってくる。

少女の姿は「怪しげな術を使う精霊術師」といった様子だ。肌には古代文字が刺青のように描かれている。

しかしこの衣装はまるで意味がない。

どんな格好をしていても、精霊召喚術がうまくいくかどうかはスキルの性能や熟練度によって決まるのだ。

「シルフィードはよほどのことでない限り人を襲ったりしないはず。それがどうして？」

俺は少女に問いかけた。

「本当はもっと下級の精霊を召喚するつもりだったのに、こんな大物が召喚されてしまいました……中途半端な召喚になってしまって、それが原因だと思います」

「じゃあ、君は精霊召喚術が使えるドルイドか？」

「は、はい」

彼女の大きな瞳が曇り、か細い声が続く。

「でも、わたくしはいっぱい努力してきたのに、才能がないと言われて……それでも、頑張ってきたのに……やはり力不足ですね」

少女は寂しそうな目に涙を浮かべていた。自信を失っているようだ。

しかし、この失敗がスキルの暴走によるものだったら？

「スキルの調子が悪いのに無理をしたのか？」

「確かにそうかもしれません。だから……こうやって見た目に気合いを入れて頑張ったのに……」

少女がぽつりと「やっぱり才能がないのね」とつぶやいて寂しそうにうつむく。

が、何かに気付いたように少女は眉をつり上げ俺を見上げた。

「って、どうしてあなたはわたくしに抱きついているのですか⁉」

「いや、君のほうから抱きついてきたんだけど？」

「えっ、あっ……」

頬を赤く染めそっぽを向く少女。

今はシルフィードをなんとかしなければならない。もし暴走が原因ならば、それを整備し、彼女自身が再召喚をするのが一番だ。

「失礼、手を繋ぎます」

「きゃっ⁉　何をするのですか。この無礼者ッ！　離しなさい！」

「【スキルメンテ】発動！」

彼女は俺の手を振りほどこうとしている。申し訳ないけど、今はこの手を離すことはできない。

俺の考えが正しければ、きっと……――。

「スキル診断開始！」

俺自身のスキルを発動する。すると、診断を行ったスキルの結果が俺の頭に響く。

『職種スキル：
【下級風属性精霊召喚】ＬＶ39：《【警告！】：暴走状態》
【下級水属性精霊召喚】ＬＶ25』

ＬＶ39……レベルはなかなか高い。

彼女の言葉通り、スキルを磨いて努力を続けてきたのだろう。頑張ってきたのだ。

そして予想通り暴走が原因だ。スキルを整備する俺の能力が役に立つ。

俺は少女を励ますために声をかけた。

「俺は君の努力を信じる。君も、自らの力を信じろ！」

この少女には、才能が、努力による賜《たまもの》が、きっとあるのだから。

俺が彼女のスキルをメンテしようとしたとき、何かぞわっとした感覚が背中を襲ってきた。振り返ると、馬車の中にいたはずの鎧の剣士が、俺の背中に触れている。

「な、何してる？」

「そのまま……じっとしていて……よし、終わり」

剣士の手のひらから伝わる熱が体ににじわりと広がった。

終わり……何が？

強烈な違和感を覚え、俺は自分のスキルステータスを確認する。

『名前：フィーグ・ロー
職種スキル：
スキルメンテ：
【診断】
【整備】
【複製《コピー》】
【上書き《アップロード》】
【改造】（ＮＥＷ！）
複製済みスキル：なし』

ん？　改造？　こんなものは今までなかった。スキルが増えている？

「ちょっといい加減にして！　手を離しなさい！」

俺はドルイドの少女の声で我に戻った。少女は、俺と繋いだ手を振りほどこうとしている。

とにかく急ごう。まずは、少女のスキルを俺の中にコピーする。

「【スキルメンテ：複製】！」

「えっ……あっ――んんっ」

少女の甲高い声が聞こえ、繋いだ手がしっとりと湿るのを感じる。次に、暴走を止めるため整備をし、彼女に返す。

《複製 解析 整備 上書き 確認。完了。

スキル【風属性精霊召喚：中】【水属性精霊召喚：中】のメンテが完了しました。暴走状態が改善されました。改造を行いますか？》

な、なんだ？

改造？

よくわからないが……たぶん大丈夫だろう。俺は「YES！」と答えた。

《スキル改造を行います……成功。スキルの改造が施されました》

少女のスキルを確認する。

『職種スキル：
【上級風属性精霊召喚】LV39：《絶好調》
《絶好調ボーナスあり》

【上級水属性精霊召喚】LV25：《絶好調》
《絶好調ボーナスあり》』

俺のスキル整備は元々、暴走状態や疲弊を直すだけだったはずなのに、スキルのバージョンアップまで行われている？

いや、細かいことは後回しだ。上級精霊召喚術なら、シルフィードも問題なく召喚できるだろう。

少女のほうを見ると、全身の肌を赤らめ、ぽかんと口を開けている。

「あッ……ん…………体が熱い……？」

「終わったよ。気分はどう？」

「えっ……嘘でしょ……私の中のスキルから力が溢れてくる⁉」

「ああ。暴走状態が終わった。さあ、シルフィードを放っておけない。召喚が不完全だ。もう一度精霊召喚スキルを発動し制御を試みよう」

「でも……大精霊と契約なんてできっこない。私には才能が」

再び視線を落とす少女。俺はその背中をそっと押す。

「レベル39の精霊召喚スキル……すごいな」

「私が、すごい？」

「うん。召喚が失敗したのは、スキルが整備されていなかったからだ。君のスキルが正しく働くように調整した。もう暴走は収まったし、スキルの力を感じないか？」

「はい、感じます……体が熱いのです」

「大丈夫だ、自信を持っていこう」

「……は、はい！」

少女の瞳が輝きを増し、彼女は力強くうなずいた。

きっと、うまくいく。

「スキル【上級風属性精霊召喚】発動っ‼」

少女が手を天に掲《かか》げ声を張り上げる。それは大気を震わせ周囲に響いていく。

遠くまで届きそうな芯のある声に俺は驚いた。

少女のスキルが起動し、召喚の魔法陣がシルフィードの足下に現れた。同時に、シルフィードの表情が柔らいでいく。

「くっ……」

少女の額に汗が滲んでいて、頬を伝っている。初めて起動する上級スキルに手こずっているようだ。

そういえば……俺は仲間のスキルを整備した直後なら、そのスキルを使用できる。もちろん勇者アクファに進言したのだけど、何もするなという指示は変わらずだった。

もしかして、今ならこの力を使って少女の召喚術を支援できるのでは？

「【上級風属性精霊召喚】起動！」

俺はいちかばちか、スキルを起動する。

《【上級風属性精霊召喚】ＬＶ99を実行します。成功しました！》

ＬＶ99……カンストしているじゃないか。

シルフィードの足下に、少女のものより広く大きな魔法陣が姿を現した。それは途轍《とてつ》もなく大きく、道幅を超えている。

「な、何……わたくしの魔法陣が大きくなっている……？」

周囲に渦巻いていた暴風が次第に治まっていき、心地良いそよ風になっていく。怒りの形相だったシルフィードが一転、優しい微笑みを俺たちに向けている。

ゴーゴーとものすごい音を立てていた風はすっかり消えていた。

よし、成功だ！　少女が目を見開いて驚いている。

「すごい……私……ついに……」

シルフィードがハッとした様子で、おずおずと俺たちの前にひざまずく。人ならざる美しい顔や肢体の造形に引き込まれそうになる。

『ま……マスター。失礼いたしました。不完全にこの世界に顕現したため……苦痛に蝕まれ我を失っておりました。ご容赦を』

「マスターは俺じゃない。召喚主はこの少女だ」

『マスター、承知しました。では、改めて……可愛らしい召喚主殿。今後ともよろしくお願いします』

「えっ、わ、私が召喚……大精霊シルフィードを……？　しゅ……しゅごい……！」

顔を紅潮させ、興奮気味に少女は感嘆の声を上げた。ややろれつが回ってないが大丈夫か？

少女は差し出されたシルフィードの手を震える手で受け止める。

よし。この様子なら問題なく契約もできるだろう。

俺は握っていた少女の手を離した。

「もう大丈夫だね。離すのが遅れてごめん。じゃあ、俺はこれで」

「あっ……あの……契約が完了するまで手を繋いでくださって……も……」

「心配はいらない。もう俺なしでも大丈夫だよ」

「じゃなくって、その……あの」

何かを言いかけた少女の頬は赤みを増していた。俺に向けて手を伸ばし名残惜しそうにしている。

「君の努力の結果だ。大丈夫。今後は無理せずしっかり休養を取って、暴走を防いだほうがいい。これからも頑張ってね」

「えっ……は、はい……。本当に……本当にありがとうございますっ！」

久しぶりだ。誰かの役に立ってお礼を言われたのは。喜んでもらえたり、力になれると嬉しい。

俺の力は、きっとそのためにあるのだろう。

周囲の暴風が静かになった様子に馬車のほうから歓声があがった。

「わあああああ！」

「生きた心地がしなかった……君があの精霊を鎮めてくれたのか？」

「助かった……フィーグさんと言ったか？　ありがとう!!」

俺を馬車に引き留めようとした兵士が頭を下げた。

「素晴らしい！　こんなに若いのに大したものだ。一般人などと言って申し訳ない。君は冒険者か召喚術士なのか？　先ほどはすまなかった」

「俺は何も……ただ、あの少女の力を信じていただけです」

顔を上げて欲しい、と言って俺は彼と握手を交わす。

兵士は俺の故郷、目的地であるイアーグの街出身のようで、何か困ったらいつでも頼って欲しいと笑顔で話してくれた。

危険な状況だったけど脱することができた。みんなを救うことができた。見知らぬ少女と力を合わせて、問題を解決した。

冒険者パーティって、こういうことなのかもしれないな。

途方もない充実感が俺の心を動かす。

そういえば、さっき【改造】のスキルをくれた剣士は何者だ？

周囲や馬車内を見渡したけど姿が見えない。確か勇者印のついた鎧や剣を装備していた。再び会うことがあれば、お礼を言おう。

「あ、あの！」

馬車に乗り込もうとしたとき、先ほどの精霊使いの少女が背中から声をかけてきた。やはり、よく通る凛とした声だ。

少女の横にシルフィードが寄り添っている。

「……あなたのお名前を伺ってもよろしいですか……？」

少女の瞳は潤み、輝いていた。

俺は静かに告げる。

「俺の名はフィーグ。整備スキルの使い手だよ」

第三話 転売ヤー

王都ギルドに勇者アクファが足を運ぶのはたいてい、何か悪だくみをするときだ。

「よぉ、ギルマス」

「勇者アクファァよ、よく来たな。勇者が発見した真ミスリル鋼をウリにした鎧の話だが、順調だよ。相変わらず上級の冒険者はムリだが、下級の馬鹿な冒険者には高く売れているぜ」

勇者アクファァは。それを聞いてニヤリとした。ミスリル鋼で作られた！　とうたっているが、その正体は買い占められた安物の装備だ。

そんな粗悪品に色を塗り、勇者印を刻印し、勇者ブランドのものとして販売する。

安く買い占め高く売る。いわゆる転売である。

装備が不足して品薄になり、高価な勇者印の装備を買うしかないという冒険者も出てきている。

「そうか。意外とバレないものだな」

「ああ。まぁ見た目だけは悪くないし、勇者印につられる馬鹿が多い。そういえば、それを装備したら皮膚が腫れたとクレームを付ける冒険者がいたらしい。あまりに醜い姿になってしまって、全身に包帯を巻いている奴もいるらしい」

「おい、大丈夫なのか？　ギルドで扱う装備品が不良品だなんてバレたらまずいだろう？」

「勇者アクファァよ、あんたらしくもないな。大丈夫だ、訴えたヤツは痛めつけ、闇市の奴隷商にでも売り飛ばすさ。もっとも、皮膚が腫れた奴隷では買い手が付かないかもしれないがな。ガハハ」

「お前もなかなか悪いな」

「おや、勇者様ほどではありませんよ」

勇者アクファと王都冒険者ギルドマスター・デーモ。二人は王都ギルドに寄生し、好き放題にやっていた。

粗悪品を売りつけたり、冒険者に高額な借金をさせた挙句、脅迫して奴隷市に送ったり、危険なことをやらせたり。

王都には夢を持って地方からやってくる冒険者も少なくない。そんな無垢な冒険者を騙し、金を毟り取り、全てを奪う。

しかし、最近ではより安全な金儲けに切り換え始めている。

なぜなら、王都騎士団の監視が強くなっているからだ。

近年、外国から禁制とされる危険な魔道具や薬物などが王国内に入ってきているのが原因だ。

「それで、フィーグはどうした？　殺したか？」

「いや、予想以上に王都を離れるのが早くてな。パーティ【アクファ同盟】のやつらに依頼したが、追跡中と連絡があった」

「チッ。まあ、王都を離れたなら時間が多少かかってもいい。どうせ、街のギルドに顔を出すだろうし……いや、いい手がある」

勇者アクファは、ギルマスにコソコソと耳打ちする。

「なるほど。ああ、わかった」

「じゃあ、この前脅かした女を肴にこれから一杯やるか。ちょっと呼んでくるわ。今日の女はスタイルも良いし楽しめるぞ」

「ぐへへ……夜は長いしなぁ」

勇者とギルマス。

蜜月の仲である二人の夜は更けていく。

第四話

故郷に帰ったらみんなから勧誘されました

俺は懐かしく感じる実家に帰り着いた。空は晴れ渡っているが、昼は過ぎ太陽は少し傾いている。あと数刻もしたら夕方だ。

この時間は俺の妹、アヤメは魔法学園にいるはずだ。

街の冒険者ギルドに行くのは明日にして、俺は家でアヤメを待つことにした。

しかし。

「お兄ちゃん、おかえりなの！」

実家のドアを開けるなり俺の二歳下、一四歳のアヤメがぎゅうっと抱きついてきた。肩まで伸びる髪の毛に、俺の胸くらいまでしかない低めの身長。

そういえば、森の中でも別の少女に抱きつかれたな。あの精霊使い《ドルイド》もアヤメと同じくらいの年齢だったっけ。

「びっくりしたぞ、アヤメ。ただいま、久しぶりだな」

「うん。お兄ちゃん、あのね……いつも授業料のこと、ありがとう。本当に感謝しているの」

俺に抱きついたままのアヤメは、やや視線を下げてそう言った。

負い目なんか感じなくて良いのに。

というか、どうしよう？　勇者パーティをクビになったので今は支払いのアテがない。

「魔法学園の学費のことは、ま、まあそれは気にするな。俺がなんとかする」

「お兄ちゃん……どうしたの？」

急に顔を曇らせ、俺の顔を覗き込むアヤメ。悟られてしまったようだ。

だめだな、俺は。妹に心配をさせてしまって。

とりあえず話題を変えよう。

「あれ、そういえばお客さんか？」

「う、うん。街のギルドマスターのフレッドおじさん」

いつの間にかアヤメの背後に、見覚えのあるガタイのよい男性がいた。といっても、フレッドさんは二三歳だったはず。

おじさんってのは……ちょっと言いすぎだと思うぞ、アヤメよ。後ろに束ねた長めの髪を揺らすイケメンだ。実際モテるらしい。

「久しぶりだな、フィーグ！」

そう言ってフレッドさんはアヤメの真似をして俺に抱きついてきた。

「ど、どうも。お久しぶりですフレッドさん」

俺にとっては頼れるアニキ的存在だ。

そして、彼はこのイアーグの街冒険者ギルドマスターでもある。

「本当に久しぶりだな。今は勇者パーティにいるんだよな？　休暇か？」

「ねえ、勇者様ってやっぱりカッコいいの？　お兄ちゃん」

二人が俺にくっついたまま矢継ぎ早に質問をしてくる。

しまった……。

アヤメには帰るとしか手紙で伝えてなかった。

俺たちはダイニングに向かいテーブルに腰掛ける。

「わぁ……結構なご馳走だな」

テーブルの上には、鳥の丸焼きなどお肉や、サラダなどたくさんの美味しそうな料理が並んでいる。

まるでお祝いをするような状況だ。

俺のために準備したのだろう。それらを見ていると申し訳ない気分になる。

俺は覚悟を決め、姿勢を正すと交互に視線を送って話し始めた。

「実は俺、勇者パーティをクビになったんだ」

勇者パーティ追放の経緯を軽く二人に説明した。

「えっフィーグ……マジか。そんな事情だったとは……すまん」

俺がクビになったと言ったとき、一瞬眉をしかめたアヤメがフォローしてくれる。

「ううん。お兄ちゃんが帰ってきたしこれでいいのよ、フレッドおじさん」

「ありがとう二人とも。ほっとするよ」

「あたしはお兄ちゃんが戻ってきてくれて……本当に嬉しいの」

アヤメはそう言って目を伏せた。

そうか、アヤメは寂しかったのかもしれないな。一人でこの家にずっといたのだ。

ん？

「で、あの人は誰？」

さりげなく椅子に座り、俺たちの様子を窺っている人物がいることに気付く。

少し長い金髪は美しいものの、顔を包帯でぐるぐる巻きにしている。服から伸びる手足にも包帯を巻いている。

背格好から推定すると多分女の子だ。ちらりと包帯から覗く彼女の肌は赤く腫れている。血が滲んでいるところもある。包帯は肌を晒したくないからだろう。

「誰？」

アヤメは知らないようだ。

フレッドさんは、溜息をついている。知っているのかな？

その謎の人物は、視線が集まっていることに気付き勢いよく立ち上がった。

「あっ、ごめんなさい。フレッドさんに無理言って連れてきてもらいました。私はリリアっていいます。フィーグさんがいらっしゃると聞いて駆けつけました」

凛とした声が響く。歳はおそらく俺と同じ一六歳くらいだろう。というかこの声は聞き覚えがある。

そうだ、この街に帰ってくるとき、途中まで一緒だった勇者印の装備を身につけた剣士。スキル【改造】を授けてくれた謎の人物。

部屋の片隅に、彼女が脱いだと思われる鎧が置いてある。勇者印の刻印があるし、間違いないだろう。

「君は途中まで馬車で一緒だった人だよね？」

「はい。そして確信しました。是非、整備スキルを扱えるフィーグさんと御一緒したいと思っています」

リリアは俺の近くに駆け寄ると包帯の巻かれた手を差し伸べてくれたが、何か気付いたように「ぷい」とそっぽを向いた。前もこんな仕草をしていたような気がする。

「あっ……どうしてもというのなら、組んであげてもいいですわよ？」

リリアは急に口調を変える。

うん、これはツンデレのツンだな……。なんか演技っぽいけど。

「ちょっと待った！　フィーグは冒険者ギルドの職員……いや、役員としてウチに来てもらいたい。以前のように【スキルメンテ】の能力を存分に発揮して欲しいんだ。報酬ははずむぞ？」

フレッドさんも俺の前に来ると男の割に綺麗な手を俺に差し出した。

「待って待って！　お兄ちゃんはこの家にいてあたしを毎日魔法学園に迎えに来てくれることになってるのっ！」

アヤメはよくわからないことを言い、同じように手を差し出してくる。

みんなが「お願いします！」と言いそうな勢いで俺に迫ってきた。

「フィーグさん。私とパーティを組んでください！　……いいえ、組んで差し上げますわ！」

「オレのギルドに是非！」

「お兄ちゃんは誰にも渡さないの！」

俺は三人から猛烈に勧誘のアピールをされてしまった。

「え、えーっと……」

俺に差し出された三人の手。

謎のツンデレを演じている、全身に包帯をぐるぐるに巻いた剣士の少女リリア、冒険者ギルドマスターのフレッドさん、そして妹のアヤメ。

俺を勧誘してくれるのは嬉しいけど、どの手を取るべきか？

選択肢はあるようで、実は決まっていた。

この街に帰るときの、精霊召喚術士とシルフィードとの一件。あのときは二人だけだったけど、協力して問題を解決するのは、そして自分の思い通りに行動するのはすごくワクワクした。

冒険をしてクエスト達成で報酬も得られるし、ダンジョンの宝を手に入れれば一攫千金も狙えるだろう。それに……俺をいらないと言った勇者アクファのパーティに勝つことができれば、俺の心の中のモヤモヤも晴れるだろうし。

俺のスキルは人の役に立つ。絶対に。

強いパーティを組んで色んな冒険をして、俺のスキルを有効に使っていけば、いつの日か……世界最強のパーティだって夢じゃないはずだ。

「……さっき言った通り俺は勇者パーティを追い出された」

改めて説明すると、どん、とテーブルに手を突き、勢いよく立ち上がるアヤメ。

「お兄ちゃんを追放なんて！　ほんと、勇者にがっかりなの！」

「まあまあアヤメちゃん、落ち着いて。オレも紹介した手前あまり強く言えないが、おかしな話だとは思う。聞くところによると、最近の勇者の行動は目に余ると言うし」

フレッドさんがそう言うと、次にリリアが口を開く。

「そうですよ。いくら勇者だからってフィーグさんを追い出すなんて、おかしいと思います」

「うむ……それでフィーグはどうしたいんだ？」

「……俺は、俺の冒険者パーティを持ちたい」

勇者パーティにいたときのことを思い出す。

戦闘中、俺がパーティのみんなの指揮をすればもっと上手く効率的に敵を倒せるのにと、そう思うことが多くあった。

でも、勇者アクファは俺に僅かな提案すらもさせてくれなかった。

もしできるのなら俺の望む通りのパーティを作って、今までできなかったことをしたい。

「できれば俺は強いパーティを作っていきたい。それこそ、勇者パーティにすら負けないような世界最強のパーティを」

ここまで言うと、フレッドさんが声を上げる。

「三ヶ月後、王都で冒険者パーティ同士で優勝を競う剣闘士大会がある。非公式な大会ではあるけど、歴戦の強者や勇者パーティも参加するという噂がある。それに出て腕試しをする、というのが当面の目標になるのか？」

「そんなものがあるのですね。聞いたことがありませんでしたが、パーティのメンバーを集めれば出場できますね」

「ああ。確かにフィーグぐらい力があれば、ギルドに閉じ込めておくのももったいないな……そうだ、オレも冒険に出かければいいじゃないか。よしフィーグ、一緒に冒険に出かけよう！」

「フレッドさん、ギルドはどうするの？　ギルドマスターは？」

「あ、えーっと」

フレッドさんは目を逸らし口笛を吹き始めた。

次に口を開いたのはリリアだ。

「私もフィーグさんに賛成です。もちろん、パーティを私と組んでくださって……よくってよ！」

ちょっと変なところはあるけど、リリアは悪い人じゃなさそうだ。

次にアヤメが話し始める。

「学費のためにお兄ちゃんが我慢していたのなら、お兄ちゃんはやっぱり、自由にして欲しいかも。あたしが魔法学園を卒業したら、お兄ちゃんと一緒に冒険の旅に出かけるの！」

誰が俺とパーティを組み、冒険に出かけるのか？　三人は口論を始めた。とはいえ、今すぐとなると自由がききそうなリリア一択なわけだが。

「フィーグさんの担当は私、リリアです！」

「担当？」

「あたしもお兄ちゃん担当なの。担当は一人でいいの！」

「アヤメちゃんは、魔法学園を卒業した後でもいいだろ。フィーグ、俺とパーティを組もうぜ。とりあえず、可愛いお姉ちゃんがいる店に――」

「「どうしてそうなるの⁉」」

みんな、俺を過大評価しすぎじゃない？

勇者パーティを追放されたってこと忘れているんじゃないのか？

結局、食事を終えても三人の答えは出なかった。

ただ、三人に共通していることもあった。

それは「フィーグはやりたいことをすべきだ」ということだ。

「俺は、強いパーティを作りたい。夢は大きく、世界最強のパーティを！」

そう言うと、みんながパチパチパチとささやかな拍手をくれた。

「フィーグ、それなら、世界一の前に勇者パーティより強くなるという目標を設けるのはどうだ？」

「そうよ。お兄ちゃんを追放したなんて……絶対見返すべき！」

フレッドさんとアヤメがヒートアップする。確かにそうしたいという気持ちからの最強パーティだ。

でも……本当は……恥ずかしくて言えないけど、唯一の家族であるアヤメを幸せにできるだけのものを手に入れる……そのための目標だ。

「うーん、剣闘士大会で出会うならでいいよ」

「なるほど、ついでか」

フレッドさんは腕を組み、うんうんとうなずいた。

「そっか。お兄ちゃん、変わったね」

「そうか?」

「そうだよ。優しく強く、かっこぃ……」

「ん? なんて言った?」

「ううん、なんでもないの!」

アヤメは嬉しそうに目を細め俺を見つめていた。そうして、賑やかな食事が終わる。

「じゃあ、食後の運動にでも、やるか! フィーグはオレのもんだ」

「お兄ちゃんは誰にも渡さないの!」

「やるって戦闘ですか? ……わかりました。私こそがフィーグさんを貰い受けてもよくってよ!」

ん? 話が妙な方向に向かっている。戦闘で俺のパートナーを決めるってことか?

で、俺の決定権はどこにある? いや、どこにもない。

これはよくない。ビシッと言わなくては。

「お、俺の意見を」

「「部外者は黙ってください!」」

だめだこの人たち。どうにかしなくては……。

俺の考えをよそにアヤメとフレッドさんは勝手に盛り上がり戦闘の準備をして外に出ていった。

俺とリリアを置いて。

「ふふふ……フィーグさん、私は皆さんが仲良くて……ちょっと羨ましいです」

今までと少し違う口調。包帯の隙間からこぼれる口元も緩んでいる。

「確かに仲いいよな。俺は勇者パーティにいたときは寂しくて、こんなに賑やかなのは久しぶり」

「私と同じだったのですね……フィーグさん」

「そ、そうなのか……じゃあ、そろそろ外に行こうか。みんなが待っている」

「鎧の装備がありますし、わ、私に指図しようなんて、ひゃ、一一〇年早いですわっ！」

リリアはフレッドさんのように筋肉ムキムキでもないのに、ちゃんと装備できるのだろうか？　と思うくらいに華奢だ。もっとも、服を脱ぐと印象が変わる……のかも？

っていうか……リリアの口調がずっと気になっていた。

「そのツンデレ口調、無理して付けなくていいよ」

「ななな……人間の男性はこういうのが好きだと本で読んで……」

「人間？　……それ本気でやるなら、色々表情とセットじゃないと意味ないから」

「がーん。じゃ、じゃあ……もっと頑張りま……頑張ってもよくってよ」

あ、まだ続けるのね。でも、大丈夫なのかその本？

「あの、フィーグさんに私のスキルを診ていただきた……どうしても診たいって言うのなら、仕方ありませんわ！」

そう言いながらリリアは申し訳なさそうに俺の顔を上目づかいで見つめてきた。ツンデレになりきれてない感じだけど、特に断る理由もないし、戦闘の前にメンテするのは悪いことじゃない。

メンテの過程でリリアのことも知ることができる。

「うん、わかった。診断しよう。まずパーティを組もうか」

「はい」

リリアとパーティを組む呪文を唱える。

こうすることで、触れなくても俺のスキルが効くようになる。

「じゃあ、スキル整備を起動……うん？」

リリアは俺にくるっと背を向けると服を脱ぎ始めた。恥ずかしがりもせず、背を向けているとはいえどんどん脱いでいく。

「ちょっ。リリアさん？　何を？」

俺は視線のやり場に困り、顔を横に向けて壁の染みを数え始める。

「私に直接触れたほうがいいのですよね？」

触れたほうが早くスキルメンテを終えることができるけど、でも初対面な上、リリアは女の子だ。

だからパーティを組んで触れなくていいようにしたのだが……。

俺の戸惑いをよそに、リリアはあっという間に身につけていたものを全て脱いでしまった。

恥ずかしげもなく、どーんと堂々としているようだ。

「あの……脱ぎましたので……触れてもよくって……よ……？」

リリアに恐る恐る視線を戻す。すると幸いというか、全裸ではなかった。包帯が全身にぐるぐるに巻かれている。

俺はリリアを椅子に座らせ、俺も背後に座る。

包帯の隙間から少しだけ肌が見える。やはり肌が赤く腫れ、所々膿んでいる。

「すごい包帯だね。これは？」

「半月前くらいから、鎧を装備すると肌が腫れて血が滲むようになってしまったのです」

そう言ってリリアは顔を伏せた。

所々、血が滲んでいて痛々しい。顔も包帯で覆っている。

手足はともかく、顔をここまで隠さなければならない状況というのは、女の子にとってどれくらい苦痛なのだろう？

「痛そうだな……これから背中に触れるから痛かったら言ってね。【スキルメンテ】発動！」

俺はリリアの背中に両手のひらを押し当て、スキルを発動させた。

「はい……ひゃあっ！」

リリアはビクッとして背筋をぴんと伸ばし、小さな悲鳴を上げる。

包帯越しに背中に触れると、女の子の柔らかさと少し高い体温が手のひらに伝わってきた。

スキルの情報も俺に流れ込んでくる。

「大丈夫？」

「ん……んっ……は……はいぃ」

『名前：リリア
職種スキル：
【装備】　　LV43：《【警告！】：暴走状態》

【剣技】　　ＬＶ40
【風属性魔法】ＬＶ１
【水属性魔法】ＬＶ１
【聖域】　　ＬＶ１』

「スキル【装備】が暴走しているね」

「……そうなのですね」

「うん。休養を取らずに無理をするとこうなる。それにリリア、君の肌はひょっとしたら金属に弱いのかもしれない」

「そんな……何十年も大丈夫だったのに？」

「何十年……⁉　ま、まあ平気だったのはスキル【装備】のおかげかもしれない。リリア、顔が赤いけど痛いか？」

「い、いいえ、大丈夫です」

「ゆっくり、優しくするから」

「はい、優しくしてください……んんっ」

包帯の隙間から覗くリリアの首筋や頬の赤みが増した。リリアは声を漏らさないようにするため、両手で自分の口を覆う。

俺は背中に触れている手のひらに、優しく、ぐっと力を込める。

「んっ……んんっ……はぁ、はあ……んんんーーっ！」

リリアの声がひときわ高くなり、びくびくっと震えた瞬間スキルの整備が終わった。

《確認――問題なし。スキル【装備】の修復が完了しました》

俺はふぅ……と息をつき続けて、【改造】を実行する。

《【メンテ：改造】――成功。リリアのスキル【装備】が【完全装備】に進化しました》

スキルの進化は、とてつもない鍛錬によってできると言われている。だけど、俺の【改造】はひと味違うようだ。スキルの名前に「完全」が付与されて性質も変わったわけで、このスキルの実力はすぐにわかるだろう。

リリアは放心したように肩を落とし息をついている。

「終わったよ。もう大丈夫」

「はぁ……はぁ。あ、ありがとうございます。スキルから力を……感じます」

「痛くなかった？」

「はぃ……で、でも……いつもこんな感じなのですか？」

「あんなに大きな声を出されたのはリリアが初めてかな？」

そう言うと、リリアは両手で顔を覆って「うぅー」と声を漏らしている。

包帯からはみ出した肌がピンク色に染まっている。心なしか、腫れが少し引いているように見えた。

「うぅぅううぅぅぅぅぅぅ……。初めて恥ずかしいって感じます……あの、すみませ……ん。隣の部屋で鎧の装備をしてきます……」

さっきは、なんでもないことのようにするすると服を脱いでいたはずで、俺のほうが焦ってしまったのに。

今は消え入りそうな声をしていて、恥ずかしそうに片手で顔を、もう片手で胸の辺りを隠すようにしている。

ん？　俺は開《はだ》けかけている包帯から現れたものに目を奪われた。

リリアの髪から、尖った……耳が突き出ている。細く長い耳の先端が。

この長い耳をもっている種族といえば……エルフ？　エルフは人間の上位種。筋力も魔力も桁違いだと聞いたことがある。

でも、黙っているということは、隠していることなのかもしれない。見なかったことにしておこう。

「リリアはこの部屋で着替えていいよ。俺は外に行くから」

「は、はいぃ。あの、フィーグさん……フィーグさんのおかげでスキルが治って改造強化されて……このスキル、大切にしますね」

「ううん。元々、君の力だよ」

「フィーグさん……ありがとう」

いつの間にか、ツンデレ口調を忘れてしまったのか、素直な優しい声になっている。これが彼女の素なのだろう。

俺は外に出てリリアを待つことにした。

第五話 試行錯誤をしてみる

頬を赤くし恥ずかしがっているリリアを置いて家から出ると、道ばたでアヤメとフレッドさんが睨みあっている。

一触即発の状況だ。お互い負けたくないようで、バチバチと闘志を燃やしている。二人の顔が近いけど、実は仲が良いのか？

家の前の道幅は余裕があり、三人の腕試しができる程度には広い。

しかも、王都と違い人通りはあまり多くない。ここは田舎なのだ。

「遅い遅い！　何してたのお兄ちゃん、まさかリリアさんと……へ、変なことをしてたんじゃないの⁉」

アヤメが俺に突っかかってくる。変なことってなんだよ？

「リリアのスキル整備をしてやっていただけだ」

「ズルいの。フレッドおじさんを倒してあたしのスキルも診てもらうの！」

アヤメは魔法学園でもトップクラスの実力があると聞いている。彼女は炎と土系の精霊使いで、実力はA級の冒険者に匹敵するという。

「アヤメちゃんさぁ。オレを倒すだと？　ふっふっふ。オレの本気を知らないようだなぁ？」

フレッドさんも現役で冒険者A級の昇格試験官ができるくらいの腕前らしい。ただ、彼が戦うところを見るのは初めてだ。

ジョブは武闘家《モンク》。一見スラッとした細身なので、肉弾戦をするように見えない。

フレッドさんは両腕の筋肉を誇るようなポーズをとり、フンっと気合いを入れた。

すると、たくましい筋肉がはちきれんばかりに膨らみ、バアンと大きな音を立ててシャツを破ってしまった。

ムキムキの筋肉は、一体どこに格納されていたのだろう？

「お待たせしました」

リリアが家から出てきた。兜と全身鎧をうまく纏っており右手には剣を携えている。

まるでリリア専用のような、そんなフィット感がある。【スキル：完全装備】がうまく動作しているようだ。

包帯の隙間から見える肌にあった赤い痕が、少なくなっている。まだ包帯を顔や手足に巻いているが、そのうち必要なくなるだろう。

リリアが俺のもとに駆け寄ってきて、嬉しそうにはにかんでいる。

「フィーグさん！」

「ん？　どうした？」

「あの、鎧に触れても痛くならないし、武器を持っても手のひらも痒《かゆ》くありません。顔も腫れが引いてきていて……本当に、本当に、ありがとうございます！」

「そ、そうか、そんなに嬉しいのか？」

「はい。フィーグさん、あなたは私が探していた——希望です！」

リリアは声を震わせ瞳を潤ませている。俺の手をとり、ぶんぶんと上下に振る。

それにしても、希望って大げさな。こんなに感謝されるとは思わなかった。

「いや、リリアの持つスキルが元の性能を発揮しただけだ。元々君の力だよ」

「そっそう言われると……その……ありがとうございます……べっ、別にこれは形式的なお礼であって……」

リリアが頬を染めもじもじしていた。なかなかツンデレが堂に入っている。そんな様子を見ていたアヤメが待ちきれない様子で言う。

「ねえお兄ちゃん、全員で対戦しない？　バトルロイヤルなの。リリアさんとお兄ちゃん、早く来てなの！」

「え、俺も？」

つまり全員が同時に戦い、最後まで立っていた者がチャンピオンというルールだ。

俺は前衛職ではないが、戦略とスキル次第では勝てる可能性が……あるのか？

今は、リリアのスキルを整備するときに自分に複製したスキル【剣技】しかない。

「まあ、なんとかなるか」

俺含め四人が向かい合いそれぞれ構えた。俺、リリア、アヤメ、フレッドさん。

互いに負けないという気持ちがひしひしと伝わってくる。

「じゃあ、お兄ちゃん、開始の号令をお願いするの！」

「ああ。では、始め！」

「先制します。スキル【剣技】！」

合図をした瞬間、すぐにリリアは素晴らしい速さでフレッドさんに近づき、剣を振り下ろした！

「ぐっ！　なんだこのスピードは……スキル【剣帝】並みじゃないか？」

剣技系のスキルは、【剣技】、【剣帝】、【剣聖】と進化する。

リリアのスキルを改めて確認した。

『名前：リリア
職種スキル：
【完全装備】　LV43：《絶好調》
　＊回避力50％アップ　＊防御力50％アップ　＊特殊魔道具装備可
【剣技】　LV40：《絶好調》
　＊攻撃力50％アップ　＊俊敏性50％アップ
【風属性魔法】LV1
【水属性魔法】LV1
【聖域】　LV1』

《絶好調》ボーナスは大きい。

「くっ、リリア、やるな！」

「私のスキルがっ、す、すごい。これならっ！」

フレッドさんの驚きの声とリリアの震える声がする。

「あたしを忘れてない？　【精霊召喚魔法】起動！　炎の精霊イフリートよ、我が召喚に応え――」

「アヤメさん、させません！」

「うわっと……速い!?」

リリアはアヤメに駆け寄り、威嚇するように剣を持っていないほうの腕を振った。すんでのところでアヤメが躱《かわ》す。魔法の起動が中断されるのを見て、リリアが一歩下がり態勢を整える。

リリアがアヤメとフレッドさんに挟まれる形になった。しかし、リリアの表情に焦りはない。誰が勝つのか、現時点で俺には想像がつかない。

「さて……」

幸い、俺は誰からも攻撃されていない。

前衛職でもなければ、攻撃魔法も使えない。きっとみんな、俺をいつでも倒せると思っているのだろう。

この隙に【スキルメンテ：改造】を色々調べてみようと思う。こんなスキルは聞いたことがない。

「【スキルメンテ：改造】起動！」

《スキル【改造】を実行します。対象となるスキルを選択して下さい》

さて、どれにしたものか。

『名前：フィーグ・ロー
職種スキル：
【診断】
【整備】
【複製】
【上書き】
【試行《テスト》】
【改造】
複製済みスキル：
【剣技】』

上から順に改造を試してみるか。
《【診断】は改造できません……【整備】は改造できません……》
やっぱり無理か……。ん？　もしかして……？
「【改造】を改造！」
《…………ッ》
スキルが戸惑っているように感じる。ど、どうなる？

《スキル【改造】が【改造】を改造しました。その結果、【改造】は【魔改造】に超進化しました》

な……なんて？

よくわからないけど、きっとうまくいったのだろう。どうなるのか、さっそく使ってみよう。

俺は入手した【魔改造】スキルを行使する。

「【スキルメンテ：魔改造】起動！　対象は【剣技】スキル！」

《スキル【剣技】をリリアが持つ【風属性魔法】を用いて魔改造します。成功しました。【剣技】が【剣聖：風神】に超進化しました》

スキル【剣聖：風神】。元になったのはリリアの持つスキルだけど、ゴリゴリに強そうな感じになった。これが【魔改造】の力？

よし。さっそく手に入れたスキルを試してみよう。

俺は懐から護身用の短剣を取りだし構えると、リリア・フレッドさん・アヤメがわちゃわちゃやっているところに飛び込む。

「【剣聖：風神】起動！」

《成功【剣聖：風神】ＬＶ99発動します》

俺は高すぎるレベルに戸惑いながら、アヤメに接近し短剣を振り下ろす。

「お兄ちゃん!?」

彼女はイフリート《火炎の大精霊》を召喚し、自身を守らせていた。

『我が根源たるマスター。相手をさせていただきます』

「いや、俺マスターじゃないし」

俺はイフリートに接近し、突くように剣を繰り出す。イフリートは躱そうとするが、俺の攻撃のほうが速い。

俺の体が反射的に、考えるより速く動いている！　さらに俺自身の周囲にも風が渦巻いている。

俺の持つ短剣まで風を纏っている。前に出会ったシルフィードのように。

『グォッ。これは……』

イフリートの体に突き刺さった短剣から生まれる小さな風がイフリートの体を吹き消していく。

消滅を悟ったイフリートは、最後の一太刀として指の先から炎を吹き出す。俺はスキル【剣聖：風神】の力を借り、後ろにバク転して躱した。

『マスターがこれ程の技を使うとは。今回は私の負けですね。これは殺し合いではありませんので引くとします。久しく我が体が躍りましたよ』

火炎の大精霊《イフリート》が消え去るが、俺の発した風は止まらずアヤメまで届く。

「きゃあっ！」

「大丈夫か？」

「う、うん。お尻を打っただけ。でも、お兄ちゃんがイフリートをあっという間に消し去るなんて……いったい、どうして？」

「話は後でな」

目をいっぱいに見開いて俺を見つめてくるアヤメ。彼女は立ち上がろうとしていない。リタイアだ。

次に俺はフレッドさんに近づく。アヤメは不意打ちに近かったし、彼女には接近戦は不向きだ。

しかしフレッドさんはそうはいかない。

俺が振り下ろした短剣は、あっさりと彼の両手で挟まれた。

「白刃取りッ！」

しかし、フレッドさんはたじろぎ、両手を離すと、アヤメと同じように後ろに下がった。

フレッドさんは驚きつつ、両手のひらを見ている。

彼の手のひらは多くの傷が付き、血が滲んでいる。

「フィーグ、風を……かまいたちのような刃を短剣に纏わせているのか？」

「はい、そのようなスキルのようです」

「そうか……こんな力持ってなかったはずだが……驚いたな」

俺はフレッドさんに迫り短剣を振るう。何度か躱され、攻撃も受けるが俺もすばやく避ける。体が軽い。

躱し、攻撃を続け、フレッドさんを圧倒する。当然、刃がフレッドさんの体に当たる前に止めるので、怪我はない。

「フィーグ……強い！　今回は俺の負けだ」

そう言いながらも、フレッドさんは嬉しそうだった。

残るはリリアだ。

リリアは動きを止め、俺を見つめていた。

「私の【剣技】が進化しているの……？」

「君に貰った力だよ。リリア」

「そうですか。でも、そんな付け焼き刃のスキルに、私の【完全装備】と【剣技】は負けません！」

彼女が振り下ろす剣を、俺は短剣で受け止めた。その太刀筋を、俺は見極めている。

スキル【剣聖：風神】がなければ、そしてそれを使いこなせなければできないことだ。

俺の動きに目を見開くリリア。

何度か剣を交わすうちに、短剣が纏う風によって、彼女の包帯がほどけていく。

するすると白い肌が露わになっていく。

その肌に血は滲んでいない。腫れは完全に引いていた。顔に巻いていた包帯もはずれ、その美しく可愛らしい顔が露わになっている。

細い耳が覗く。エルフの耳……人間の上位互換の種族。細い手足に似合わぬ筋力で剣を振るっている。

「はあっ！」

俺の胸元に、【剣技】を用いた鋭い突きがやってきた。

それは風のように俺の横腹をかすめた。俺は、リリアに接近。

彼女の首元に短剣を突きつけ、短剣が発する風が彼女を傷付ける前に引く。

「はあ……はぁ……負けました……フィーグさん……すごい」

リリアもリタイアだ。

勝負は俺の勝利で終わったのだった。

ん？　そういえば俺はなんのために戦ったんだっけ……。

俺とリリアのもとに、アヤメとフレッドさんがやってくる。

「お兄ちゃん、強くなったの。正直戦闘では私のほうが強いと思っていたのに」

「そうだな。これも全て、リリアから受け取ったスキルのおかげだよ」

「スキルの力もあるけど、それよりも」

そう言った、アヤメは瞳をキラキラさせ俺を見上げ、つぶやく。

「心も強くなったみたい……」

うーん、俺には自覚がないのだが。

割り込むようにフレッドさんが話しかけてくる。

「正直、リリアを一番警戒していたのだが……間違いだったようだな。あのスキルは……？　圧倒されてしまった。冒険者登録、するんだろう？」

「はい。明日にでも」

「じゃあ、試験官に依頼を出しておく。積もる話はまた後にしよう。じゃあ俺はギルドに戻るよ、また明日な」

そう言って、足取りも軽くフレッドさんは去ってしまった。

次に話しかけてきたのはリリアだ。

「フィーグさん……あの、私」

「そうだ、リリア。一つ試したいことがある。手を貸してくれないか」

「えっ？　は、はい」

スッと差し出された手のひらを握り、【スキルメンテ：上書き】を実行する。

「ん……んんッ！」

顔を赤く染め少し大きく声を上げ、びくびくっと体を震わせたリリア。

「こ、これは……？」

「うん。消える前に渡しておく。元々はリリアのスキルだからね」

他人から受け取ったスキルは一つだけしか持てない。他のスキルを整備すると、上書きされ消えてしまうのだ。

「……すごい」

リリアは自らの胸に手を当てた。そして、やや潤んだ瞳で俺を見上げている。

「フィーグさんは本当にスキルメンテの使い手だったのですね！　なんとお礼を言ったらいいのかわかりません。本当にありがとうございます！」

「リリア、俺は後押しをしただけだ。元々全て、君の力だよ。【完全装備】【剣聖：風神】も、全部」

「そんな……。私は絶望の中にいました。そんな中、私を救ってくれたのは間違いなくフィーグさんです。改めて、私をフィーグさんのパーティに参加させてください。お願いします」

リリアは、はじける笑顔で、俺に向けて手を差し出してきた。

リリアの剣士としての腕前は確かで、俺の能力に関する知識もあるようだ。

しばらくリリアと行動を共にして、スキルメンテの話を聞くべきだろう。

「わかった。歓迎する。こちらこそ、よろしくな」

「はい！」

差し出された手を取り握手すると、花が咲くようにリリアの表情がほころぶ。

エルフ特有の美しい笑顔が印象的だ。でも、それだけでなく……心から俺を求めてくれている様子に、俺は不覚にもウルッとしてしまった。

「フィーグさんに選んでいただけて、改めて、自信が持てたような気がします！」

リリアの頬が夕日に照らされて、やけに赤く見えたのだった。


日が暮れてから、俺とアヤメとリリアは近くの食堂に出向き食事をする。

サラダを食べながら、アヤメがぶつぶつ言っている。

「さっきの戦いを見る限り、一番お兄ちゃんと互角に戦えていたのはリリアさんだった。だから、お兄ちゃんとパーティを組むのは……しょうがないの。しょうがないけど……私も一緒に連れていって欲しいの」

「アヤメは魔法学園にきちんと通って欲しい」

「……でも……」

「俺は、そのために頑張ってきた。これからもそうだ。卒業したら、また考えよう」

「……そう言われちゃうと……しょうがないの……わかったの」

納得できない様子はあるものの、少しスッキリとした表情をしている。

さっきの戦闘で何か感じるものがあったのかもしれない。リリアを認めるような、何かが。

俺はリリアに告げる。

「明日はフレッドさんのとこに行って冒険者登録をしようか。多分、ランク決め戦闘試験もある。それが終われば、手頃な依頼を受けようと思う」

「でしたら、まず私からの依頼があります」

一瞬リリアの眉が下がり、口がへの字になった。今までの明るい表情が沈んでいる。

「内容を簡単に説明してくれないか？」

「はい。私が以前所属していて、逃げ出したパーティなのですが――」

リリアは王都で「スキルに影響を与え、調子を整える者がいる」という噂を聞き、俺を探していたらしい。

すると、俺を知っているという男が話しかけてきたのだという。

「知っているぜ。教えてやるから俺たちのパーティに加入しろ」

彼女は疑いもせず、勇者パーティの二軍【アクファ同盟】に参加したのだという。

しかし男どもはリリアが剣士であることを知っていながら、雑用などを押しつけていた。

さらに、リリアに高価な装備の購入を迫ったらしい。

「俺たちのパーティは、ここで防具を揃えている。リリア、お前も装備を揃えろ。特にこの勇者印のミスリルの剣、勇者印のミスリルの鎧は必ず購入しろ」

「私は、今の装備で十分です。こんな高額なものは買えません」

「文句を言うな。金がなくても女なら稼ぐ方法はあるだろう？　それが嫌なら、何か高く売れそうなものは持ってないのか？」

「そんな……」

「イヤなら、出ていってもらおうか。まあ、お前の探している男には辿り着けなくなるだろうがな」

「……こ、これだけなら」

リリアは、所持していたお金全てと、兄の形見だという水晶珠を差し出したのだという。

水晶珠はパーティのリーダーが預かっておくことになった。どうやらその美しさを気に入ったらしい。

しかし。勇者印の剣と鎧を身につけるようになってから、リリアの肌の調子が次第におかしくなっていく。

「なんだお前……汚い顔だなぁ」

肌が腫れたり血が吹き出たりぶつぶつができたり。リリアはたまらず包帯で顔や肌を隠すようになる。

罵倒され雑用にこき使われる日々を過ごすものの、俺に会わせてくれないことに疑問を持ったリリア。

ある日、宿泊中の宿屋でパーティのリーダーに抗議をすると、とんでもないことを言い始めた。

「そうだな、リリア……俺たちの女になったら、会わせてやろう」

「それはどういう意味ですか？」

「こういうことだよ！」

パーティの男たちは、一斉にリリアに襲いかかってきたという。しかし、包帯に包まれた顔や肌が露わになったところで顔色を変えた。

「なんだよこの女の顔……もう少しマシだと思っていたがこれじゃあ、立つモノも立たねぇ」

「汚ねぇ！　こんな醜い女など見たくもない――」

しまいには、パーティを出ていかないと奴隷として売るぞと言って迫ってきたらしい。

結局約束を反故にされ、大切な兄の形見も奪われ、リリアはパーティから追放されてしまったのだ。

◇◇◇

リリアはまんまと騙されていた。典型的な詐欺だ。どうもリリアは、世間知らずのようだ。エルフなら仕方がないとはいえ、つけ込まれる隙を見せてしまった。

俺は大変だったな、とリリアの頭を撫でる。

すると、彼女は俺の撫でている手に頬を当て、体に寄り添ってきた。

彼女の温かさと柔らかさが伝わってくる。

そんなリリアを見て、アヤメが低い声で、しかめっ面をして言う。

「リ、リリア……さん……」

「ごっ、ごめんなさい……フィーグさんに馴れ馴れしくしてしまって」

ビクッと俺から体を離すリリア。アヤメは、ふるふると首を横に振って言う。

「そ、その男たち、許せないの」

「アヤメ、俺もそう思う。もしかして依頼というのはその悪徳パーティに対する報復？」

「い、いえ……私はただ、奪われた水晶珠を取り戻したいだけなのです」

なるほど。これが依頼内容か。

リリアは髪の毛から耳を見えるようにして顔を上げる。

「……私はエルフです。長い間、森の奥深くの……さらに奥で、一人で暮らしていました」

俺は知っていたけど、アヤメは「エルフっ？　初めて会ったの！」と目を輝かせている。

「父も母も、他のみんなも全員亡くなって、兄ももうこの世にはいません……水晶珠はその兄がくれたものなのでどうしても取り戻したいのです」

リリアは膝の上のこぶしを握りしめていた。

「わかった。あともう一つ、聞きたいことがある」

「なんでしょう？」

「俺を探していたらしいが【スキル整備】のこと、リリアは何か知っているのか？」

俺の言葉に、ふう、と一息つくリリア。

「我が一族は昔、スキルを整備したりスキルを生み出す技術について研究をしていたようなのです。【改造】は、研究成果の一つです」

もっとも、一族がリリアを除き滅んだ今、その技術は失われてしまったらしい。

「スキルは職種スキルだけじゃないようです。例えば、特技スキル。身体スキルや種族スキルなど」

「ちょ、ちょっと待ってくれ。特技はなんとなくわかる。でも、身体スキルや種族スキルってなんだ？」

「私にもよくわからないのです。ただ、身体スキルは例えば体型とか、性別すらも扱うらしいのです。種族は、人間とかエルフとか……これもスキルとして定義されていたようです」

「まさか……例えば魔改造を使えば人間という種族スキルを変化させてエルフになったりできるのか？」

「はい。その可能性を示唆していると思います」

「もしかして魔改造を用いれば性別を変えたりもできる？」

「た、たぶん……。本でTSというジャンルを読んだことがあります。それは、男の子が女の子になったりするのですが、もしかして、身体スキルを操作したのでは？」

それは創作だと思う……。

「そしてユニークスキルというのもあります。例えば、【勇者】」

確かに勇者スキルは特別だ。しかし、スキル【剣技】から【剣聖】を魔改造で生み出したように、【勇者】も生み出せたら……？

俺は勇者にだってなれる？

『スキルは世界を支配する』

好きな言葉の意味の捉え方が、少し変わったのだった。
俺は……何にでもなれるのか？

第六話　リリアとの夜

リリアは宿を取っているということだったが、アヤメがリリアと話をしたいと言うので家に泊めることになった。

たぶん、エルフという種族が珍しいから色々話を聞きたいのだろう。

夜が明けるまでアヤメの部屋でリリアと話をするつもりなのかもしれない。

しかし、アヤメとリリアの後、俺もお湯につかり、自室で寝ようとドアを開けたところ、リリアが俺のベッドにちょこんと座っていた。

着替えがなかったのか、素肌の上に俺のシャツを着ている。

「フィーグさん、あの、色々……お借りしています」

リリアは俺を上目づかいで見つめている。

な、なんだ？

シャツの裾から伸びる足は細く長くて、でも女性特有の膨らみもあり綺麗だ。

肌はほんのり上気して、仄かにピンク色になっていた。

ベッドに座っているリリアは俺のシャツを着ている。僅かに透ける素肌の様子から、肌着を身につけていないような気がする。妙にリリアの顔が赤い。

「アヤメの部屋で一緒に寝るんだよな？　どうしてここに？」

「アヤメさんは先に眠ってしまわれまして。あの、少しお時間をいただけないでしょうか？　お話ししたいことがあります」

「あ、ああ……いいけど、どうした？」

「フィーグさん、その、こちらに座っていただけませんか？」

リリアが少し横に移動し、ちょんちょんとベッドに触れてここに座れと合図をした。俺はリリアの隣に静かに腰を下ろす。

隣に座るリリアから甘い花のような香りが漂ってくる。

リリアのほうにちらりと目をやると、肌着同然なため、柔らかな体の線がくっきりと現れていた。露わになった太ももも妙に艶めかしい。

「そ、それで話とは？」

「先ほどお話しした依頼ですが、その、受けていただけますか？」

そういえばまだ正式な返事をしていなかった。

リリアの願い。ここで受けないという選択肢はない。

「わかった。依頼を受けるよ。パーティメンバーの悩みはみんなで解決しないとな」

「フィーグさん、ありがとうございます！　ああ、良かった……！」

笑顔を見せ、俺に少しだけ体を預けるリリア。長い髪の毛はさらさらで、少しだけくすぐったい。

リリアは俺の太ももに手のひらを当てた。可愛らしい手のひらから熱が伝わる。

「じゃあ、そろそろ寝ようか。明日は忙しくなりそうだし」

そう言って促すのだが、リリアは部屋を出ていこうとしない。

「リリア、どうした？　ゆっくり休んで、明日に備えよう？」

そういえばさっきからずっと、リリアの肌はピンク色に染まり、頬も赤らめている。

具合でも悪いのだろうか??

「大丈夫か？　こんな時間だが、必要なら神殿に行って治癒もできるが」

「いえ……その、私には依頼の報酬を払うだけのお金がないのです」

なんだ、報酬の話か。

「気にしなくてもいい。俺とパーティを組んでくれるだけで十分だ。力を授けてもらったし、もう俺たちは仲間だ」

「フィーグさん……それでは私の気が済まなくて」

リリアは俺を見上げる。ドキドキというリリアの心臓の高鳴りが聞こえてきそうだ。

「え？」

リリアは突然、俺の手をとると、自らの胸に押し当てた。

それは柔らかく、暖かく、儚《はかな》げにも感じた。やはりシャツの下には何も身につけていないようで、その僅かな突起の存在を感じる。

「んっ……」

びくっと体を震わせたリリアの口から、甘い吐息が漏れた。

「リリア？」

続けてリリアは俺の手を掴んだまま、ベッドに倒れ込む。俺は引っ張られるようにして、リリアの隣に寝転んだ。

ちょうど、俺が腕枕をするような体勢で向かい合う。

「リリア？」

「あの、男の人を籠絡するにはこうするといいって本に書いてありました」

はい？

リリアはツンデレだとかの知識を、本から仕入れているようだけど、まあ……間違ってはいない。

「ど、どうでしょう？」

リリアの顔が近づき、鼻の先が触れそうなまでに近づいた。俺の心臓も高鳴る。リリアの鼓動はそれ以上のようだが。

とくん、とくん……。

「フィ、フィーグさん」

「ハ、ハイ」

「こ、この後、どうする……のでしょう？　今はすごく恥ずかしいのですが」

どうするのかって聞かれても。

リリアはきゅっと目を瞑《つむ》っている。

俺の前で服を脱いだときと違い、緊張と戸惑いと恥ずかしさが伝わってくる。

「リリア。何もしなくていいよ。俺とパーティを組んでくれたこと、それだけで十分だ」

「でも……でも……それでは気が済まなくって。これから多くのご迷惑をおかけすることになります」

リリアは、そう言って瞳に涙を浮かべた。深刻に考えすぎなんじゃないかな。

「俺は改造スキルという十分な報酬をもらった。気に病む必要はないよ。それに、いくらでも頼って欲しい。ちょっと頼りないかもしれないけど」

「そんな……頼りないなんて……。……フィーグさんっ……うっ……」

リリアの閉じた目から、ぽろぽろと水滴がこぼれる。

この涙は辛いというより、もっと別の温かい感情によるものかもしれない。

「今まで、頑張ってきたんだな」

「うう……フィーグさん……。私……わたし……家族もみんな死んじゃって……ずっと一人で……。こうやって誰かに縋《すが》れることが……嬉しくて」

リリアは、一族の滅亡を目にしてきたと言っていた。辛い思いを散々してきたんだ。

大切なパーティの仲間が悲しんでいるのなら、せめて、涙が止まるときまで……。

俺はそっとリリアの背中に手を回し胸に引き寄せる。すると、リリアは俺にぎゅっと抱きついてきた。

「うぅ……ひぐっ……ぐすん」

俺はリリアが少しだけ、素直な感情を見せてくれるようになったことが嬉しかった。

寄せる体の温もりを感じながら、俺は泣き続けるリリアの頭を撫でる。

しばらくすると、リリアの嗚咽は次第に静かになっていった。

「落ち着いた？」

「……あっ……は、はい……とても」

リリアの顔を見ると、少し目が腫れている。しかし、口元は緩みかけていて、スッキリしたようにも見える。

「じゃあ、そろそろ寝ようか」

俺はリリアの背中に回していた腕を離した。しかし、リリアは俺から離れようとしない。

「えっ」

「あ、あの……フィーグさん、今夜はここにいてもいいですか？」

「だっ、だめなら……その……ごめんなさい……」

消え入りそうな声のリリア。願いを断ることなんてできない。

「ううん、いいよ。じゃあこのままで」

「良かった……あの、お願いします」

「は、ハイ」

お願いしますって、何を？

「フィーグさん……温かい」

「リリアも温かいよ。それに――」

柔らかい……と言いかけて、口をつぐむ。俺に触れる肌もしっとりしていて吸い付くような感覚がある。

「ん……」

俺の口から思わず声が漏れる。リリアが俺の首元に唇を寄せていて、こそばゆいような、むず痒いような感覚があった。その波が、首元から体の中心に向かって広がる。

ちょっと、リリアさん？

「フィーグさん……」

リリアの足が俺に絡まる。服が互いに開け、肌がより広くくっついていく。場所によっては少し汗ばんでいるようで、それがさらに密着度を増していく。

どうしたらいいのかわからないと言っていたはずなのに、これは一体？

リリアは目を瞑っている。俺の理性を試しているのだろうか？

やられっぱなしは癪《しゃく》なので、リリアのおでこに唇を寄せる。すると、リリアの手のひらが俺の背中に触れる。

「ん……フィーグさ……」

どうやら、リリアは眠りに落ちているようだ。ただ、ものすごい抱き癖があるようで、俺に体を密着させまさぐってくる。

リリアの切ない声が部屋に響く。俺は眠ることを諦めたのだった――――。

第七話　魔導爆弾

王都ギルマス・デーモが勇者アクファの依頼によりフィーグの口止めを依頼するときのことである。

「イアーグの街ですかい？　少し遠いですね」

パーティ【アクファ同盟】代表のギザは、あからさまに嫌そうな顔をした。

「急いで向かってくれ。特急の馬車も使って良いぞ」

「わかりました」

「もし万が一でも失敗しそうなときは、この魔道具を起動するといい」

デーモは表面に古代文字が描かれた、黒く丸いものをリーダーであるギザに渡した。

それは、鳥のたまごくらいの、手のひらにすっぽりと収まる大きさの魔道具だ。魔導爆弾と裏の世界では呼ばれている。

起動させると、街一つの範囲を消滅させるくらいの威力を持つ爆弾だ。当然、使用者は命を落とす。

「これは？」

「まど――」

魔導爆弾と言いかけて、慌てるデーモ。

「周囲の者の記憶を消す魔道具だ。起動する言葉を教えておく」

「そんな便利なものがあるんだな」

「ああ。特注品だ。使えるのは一回だけだから、失敗したときだけ使え」

「そうかい。記憶を消せるなら、色々面白いことに使えると思ったんだが」

ギザの顔が醜く歪む。

色々と悪だくみを考え巡らしているのだろう。

「くれぐれも慎重に扱え。繰り返すが失敗しそうなときにだけ使え。もし依頼に成功した場合は回収する」

「へいへい、わかりましたよ」

あまりに軽い言葉に苛立ちつつも、デーモはさほど心配していなかった。

【アクファ同盟】のパーティメンバーたちは、性格がどうあろうとプロなのだ。

依頼はきっちりこなすだろう。

「じゃあ頼んだぞ」

デーモはフィーグの口封じを失敗したときのために、魔導爆弾という保険をかけたのだった。


数日後。

王都冒険者ギルドの一室。もう昼だというのに、二日酔い気味のギルマス、デーモは頭痛に悩まされていた。

転売の利益で得た高い酒が体に合わない。

一応ギルドに出向いたものの、家に帰って寝ようかと思い始めていた。

そこに、血相を変えたギルド職員が走ってやってくる。

「ディーナ公爵が突然いらっしゃったのですが……ご存じですか？」

「公爵だと……どういうことだ？」

「それが、フィーグという男が貴族や騎士たちのスキルの整備を行っていたようでして」

「はあ？　わかった。オレが話す」

心の中で舌打ちをしながら、デーモは応接室に向かった。

公爵は貴族の中でも王族に近い存在だ。無下にはできない。

慌てて応接室に入るデーモ。

そこには腕を組み、しかめ面の中年男性が一人いた。デーモが部屋に入るとすぐにイライラをぶつける。

「これはこれはディーナ公爵、いらっしゃいませ。今日はどのようなご用件で？」

「フィーグ殿のことだ。彼がどこにいるか知らないか？」

「フィ……フィーグ殿？」

デーモは頭の中で考える。

公爵に敬称付きで呼ばれる人物はそう多くない。フィーグ……勇者パーティから追放された男。

役立たずで、勇者アクファが追放したとかいうボンクラ。

「はっ。あの役立たずがいかがしました？」

「何ッ？　役立たずだと？」

ディーナ公爵の怒りが一段階上がり、顔が赤く染まっていく。

「はい……ボンクラですので、いなくなっても問題ないかと」

「は？　フィーグ殿をボンクラ？　いなくなっても問題ない？　こっ、この大馬鹿者が‼」

「ひぃっ」

ディーナ公爵は苛立ちを隠さず、デーモを罵倒した。

デーモはこのように激昂するディーナ公爵を見るのは初めてだった。普段温和な人物が豹変するときほど、恐ろしいことはない。

脂汗がデーモの額を伝う。

「えっ……ど、どどど、どういうことですか？」

「フィーグ殿は疲弊したスキルをメンテ《整備》できる貴重な存在なのだ。それをボンクラだと……⁉」

ドン、とテーブルを叩く公爵。その勢いに、王都ギルマス・デーモはたじろぐ。

まさか……いや……もしかして？　俺は大きな間違いをしていたのか？　いや、勇者が間違っていたのか？

「フィーグ殿をボンクラなどと呼んでいたとはな。まさかとは思うが……勇者アクファと何か悪だくみなどしてないだろうな？」

「い、いえ……悪だくみなどとそんなことはっ！」

現在進行形で、フィーグの口止めをする手はずを整えている。だけど、デーモは恐ろしくて言えない。

デーモは冷静を装い、頭の中で考える。

公爵はどこまで知っているのだ？　もしかして、俺は終わっているのか？　いや、こうやって公爵自ら乗り込んでくるくらいだ。大したことは知らないだろう。

デーモは怒る公爵を前に、少し余裕を取り戻した。

「あの、フィーグは一体何をしていたのですか？」

「王都ギルドマスターのお前がそんなことも知らんのか？　フィーグ殿は時々我が屋敷にやってきては、娘のスキルメンテナンスを行ってくれていたんだ」

「そ、それはどういう内容で？」

「私の娘は騎士団にいるわけだが、最近忙しくしていてな。魔導爆弾のことは聞いたことがあるか？」

「魔導ば……い、いえ、寡聞《かぶん》にして」

魔導爆弾という言葉に僅かに反応するデーモ。

「まあ良い。とにかく多忙で【聖騎士《パラディン》】のスキルが調子悪くなることがあってな。暴走の予防というわけだ」

「フィーグが騎士にそんなことを……本当ですか？」

「私が嘘をついているというのか？」

「い、いえ……そういうわけでは」

「うむ。ならば、早くフィーグの居場所を教えてくれ」

デーモは仕方ない、とりあえず今は時間を稼ぐしかない、そう考えた。

「そ、それが……彼は自ら勇者パーティを脱退し、もう王都にはいません」

「王都にいないだと？　何があったのだ？」

ディーナ公爵は青い顔をして立ち上がる。

「そ、それが、勝手に脱退したと」

「そんなことを聞いているわけではない！　どうして引き留めなかったんだ！　……はぁ、はぁ。では、今どこにいるのだ？」

顔色が青から真っ赤に変化したディーナ公爵はギルマスに詰め寄る。

「イアーグの街に」

「イアーグだと!?　馬車で二週間もかかるではないか。馬鹿者が！」

「も、申しわけありません……」

「こうしてはいられぬ！」

立ち上がり、デーモは去ろうとするディーナ公爵の背中に問いかける。

「い、いかがなされましたか？」

「早急に娘と相談することにする。それに勇者パーティに何があったのかも確認しなければな。あの人材を手放すなど信じられん。懇意にしている貴族や騎士も多かったはずだが？」

「ま、まさか……そんな話は」

「知らなかったでは済まないだろうな。ふん、失礼する！」

ディーナ公爵が立ち去る姿を呆然と見つめ、額に脂汗を浮かべるデーモ。

勇者アクファから聞いたフィーグの印象と随分違う。もしかしてアクファは、俺に隠していたのか？

いや、あの様子だと、知らなかったか、知ってて追放したか？

デーモの中に勇者アクファに対する不信感が芽生える。

これからも勇者アクファを信用してもいいのだろうか？

最近勇者アクファの行動がおかしい。デーモは勇者アクファの行動が暴走しているように感じた。

「ヤバい。ヤバいぞ。これどうすんだ。まさかフィーグってヤツは……勇者より必要とされていたのか？　追放してはいけなかった？　口封じなど、考えるべきではなかった？　ま……まさかな」

事の重大さに気付きつつあるデーモ。

「まあ、奴らに渡した魔導爆弾がある。いざとなれば、魔導爆弾がフィーグもろとも街ごと消滅させるだろう」

俺は光を感じて目を開けた。鼻の先には、すぅすぅと寝息をたてているリリアの顔があった。

昨日は張り詰めた表情をしていたリリアだけど、今はとても穏やかだ。

長い髪の毛が朝日に照らされ、キラキラととても美しい。穏やかな寝顔をずっと見ていたい。

俺の視線に気付いたようにリリアが目を開けた。

視線が合い、リリアの頬が緩む。

「フィーグさん……おはようございます」

「うん、おはよう」

俺の声はガラガラでかすれていた。

「フィーグさんの匂い……落ち着きます」

「うん？」

「ふぁ……もう少しだけ寝ます……」

リリアはそう言うと再び俺の胸元に顔を押し付けて眠りについた。

俺はそっとリリアの髪を撫でる。

窓から差し込む光は、もうすっかり朝の陽差しになっている。

この状況で二度寝するのか？　とはいえ俺もリリアの体温に包まれ、眠くなってきた。

リリアの緩やかな温もりと肌の触れあう気持ち良さに包まれて眠ったら、どれだけ安眠できるだろう？

い、いや、マズいよな。

アヤメが起きる前にリリアには戻ってもらわないと、何を言われるかわからない。

◇◇◇

食欲をそそる香ばしい匂いに誘われて。俺とリリア、そして寝ぼけまなこのアヤメはダイニングで一緒に朝食をとっていた。

「ちぇっ……リリアさんと話したかったのに寝ちゃったの」

アヤメは少し頬を膨らませながら、朝食のパンを口に含む。どうやらアヤメが目覚める前に、リリアは戻れたようだ。

俺は正直なところ、リリアと目が合わせられなかった。自然に視線が下がる。

「ん？」

リリアは新品の包帯を顔や手足に巻いている。もう肌はすべすべだったし隠すことはないはずだ。

「リ、リリア、もう包帯は必要ないと思うが？」

「フィ、フィーグさん。さ、最近ずっと巻いていたので、こ、このほうが落ち着くんです」

「そ、そうなんだね」

不自然なリリアとのやりとりに、アヤメは首をかしげ、ジト目で俺を睨む。

俺は視線を逸らし、下手くそな口笛を吹いたのだった。

◇◇◇

俺はアヤメを魔法学園に見送り、リリアと二人で街の冒険者ギルドに向かった。

まだ朝の空気が冷たいものの空は晴れ渡り、太陽は眩しく輝いている。

「よぉフィーグ、リリア。おはよう」

「「おはようございます、フレッドさん」」

俺とリリアの声が重なった。

すると、フレッドさんはうんうんと頷く。

「ナルホドなあ」

「何がナルホドなんですか？」

「二人とも息がぴったりじゃないか。昨晩何かあっただろう？　なっ？」

「何もないですよ！」

俺は否定するが、リリアは頬を染めてうつむいてしまっていた。

ちょっ、リリアさん？

「うんうん。何も言わなくていいぞフィーグ」

「ですから何もないですって」

「ハハッ。まあ、そういうことにしといてやるよ。それで、アヤメちゃんはいないのか？」

「アヤメは俺たちについてくると言って聞かなかったのですが……説得して魔法学園に行かせました」

「そうか、わかった。早速冒険者登録するよな？」

「「はい！」」

再び俺とリリアの声が重なった。息がぴったりだ。

すぐに冒険者登録が終わる。

次に俺とリリア、そしてフレッドさんと数人の職員は、ギルド支部の中庭にある戦闘訓練場に向かう。

「じゃあ、早速ランク決定の戦闘試験をしよう。フィーグは知っていると思うが冒険者ランクは最高のSSS級の英雄ランクから、SS、S、ABCDEF、そしてG級の初心者ランクまである」

「俺たちは何級ですか？」

「最初はどんなに強くてもC級、中級者ランクスタートになってしまう。いわゆる銀等級だ。実際のランクは試験官と戦って、その結果で判断する。勝ち負けも重要だが、戦闘の質も判断の材料になる」

俺が頷こうとしたとき、

「ちょっと待ったぁ！」

俺たちに割り込む、やや嫌味を含む声が戦闘訓練場に響く。

冒険者ギルドでは見慣れない、下品な貴族が着るような服を身につけた男が一人。

その後ろには、スキンヘッドの神官らしき男と、妙になよなよしたナルシストっぽい剣士らしき男が見える。

どう見てもギルド職員ではない。どちらかというとチンピラのような風情だ。

「あの人たちは……！」

リリアが俺の後ろに隠れ、服の裾をつまむ。俺の耳元で「私が元いたパーティの人たちです」とささやいた。

偉そうな貴族風のパーティリーダーはギザという名前らしい。

「ランク決め戦闘試験の試験官は俺たちがやろう。いいだろう？　フレッド殿」

「えっと……あなたたちは？」

「オレたちは【アクファ同盟】だ」

アクファ同盟の名前を聞いたときは、思わず「ダサッ」と声が出そうになったが飲み込む。

「おや、リリアに、フィーグさんじゃありませんか」

わざとらしく言い俺の顔を見てニヤニヤと笑う男たち。リリアはともかく、なぜ俺のことを知っている？

ギザは、フレッドさんを下に見るように言う。

「なあ、いいよな？　俺たちのことは聞いているだろう？　フ・レ・ッ・ド・」

「ぐ……っ。王都ギルドから連絡があったのはあんたたちか。しかし、戦闘試験に介入するなんて許可できな――」

ガッ。

いきなり、スキンヘッド神官がフレッドさんを戦棍《メイス》の柄で殴った。

あいつ、いきなり何をしやがる……？

「もう一度聞く。なあ、いいだろう？　逆らうならギルドをクビにすることくらい簡単だぞ？」

見ていられない。俺が近づこうとするとフレッドさんはこちらに手のひらを向けて制した。

「わかった。フィーグと話をさせてくれ」

「ああ、構わないとも」

フレッドさんは額に汗を浮かべ小声で俺たちに話しかけてくる。

「フィーグ、奴らは【アクファ同盟】というパーティで、フィーグとリリアのランク決めの試験官を行いたいらしい。どうする？　今日は諦めて、奴らがいないときにするのも手だが……」

フレッドさんもA級だ。リリアは、フレッドさんと遜色ない戦いをしていたはず。

奴らはフレッドさんとリリアを舐めているようだけど、昨日の様子から思えば十分勝機はある。

さらに、俺には魔改造がある。俺はギザという男に話しかけた。

「あなたたちが試験官で構いません。ただし、人数が合わないので一人抜けるかフレッドさんの参加を認めてください」

「いいだろう。フレッドの参加を許す。戦闘試験だが当然勝敗を決める。もし、オレたちアクファ同盟が勝ったら、リリアはオレたちのパーティに戻ってもらう」

「彼女に危害を加えようとして追い出しておいて、今さらですか？」

「フン、フィーグ、お前にもちょっと顔《ツラ》を貸してもらおう」

ギザが苛ついた様子で言った。

戦闘試験の結果に妙なことを押しつけようとしてくる。やつら、勝つ前提だ。

だったら……。

「じゃあ、俺たちが勝ったら……リリアから奪った水晶珠を返してくれませんか？」

「はぁ？」

「俺たちが勝ったら、の話ですよ」

「ケッ。オレたちが負けるわけないだろ。いいだろう」

ギザの言質が取れた。

それに、奴らが負けると疑ってないこともわかった。俺たちを相当下に見ているか、切り札を持っているのかもしれない。

俺の後ろで小さくなっているリリアに、ギザが目を細め話しかけた。

「リリア……どうしたその顔は？　綺麗な肌になって、こんな上玉だったとは。こりゃ色々と楽しめそうだ。どうせまだ処女なんだろう？　可愛がってやるぜ」

リリアをいやらしい目つきで見つめている。

すぐにリリアが身をすくめ、俺に縋り付いてきた。

「少し時間をくれ。みんなと話をする」

俺たちは渋るギザたちを置いて、ギルド内の部屋に移動した。

部屋に入るなり、リリアが俺に寄り添い縋った。

「フィーグさん。素晴らしいスキル【剣聖：風神】を授かったのに、あの人たちの顔を見たら急に怖くなってしまいました……」

よほど、パーティを組んでいたときの記憶が酷いものなのだろう。

俺は震えるリリアの手を強く握った。すると、次第に震えが小さくなって消えていく。

リリアは昨日の出来事を思い出したようだ。俺にスキルを上書きされる感覚を。

「フィーグさん。私……は……強い……？」

「リリアは強いよ。元々、この【剣聖：風神】はリリアのスキル【剣技】から生まれたもの。ずっと努力してきたんだよね？」

「……はい。フィーグさんを信じればいいのはわかっているのです。でもフィーグさんのように【剣聖：風神】を使いこなせるか……私の努力は正しかったのか……」

彼女の髪の毛から伝わる心地良い花の香りが、ふわっと俺を包む。

「大丈夫。スキルの力を信じて欲しい。俺と、リリアの協力で今のスキルがある」

俺を見上げる彼女の瞳が潤む。

「フィーグさん……そうですね。フィーグさんと私の……力。そうですね」

「うん。リリアを虐げてきたあいつらに、本当の力を見せてやろう」

「……わかりました。この授かったスキルと……私と、フィーグさんを信じています。私は負けません」

上目づかいに俺を見つめるリリアの瞳に強い光が灯っていた。

この部屋に入る前のリリアとまるで別人だ。

「ごほん」

フレッドさんが咳払いをした。とても生暖かい目が俺とリリアに向けられている。

フレッドさんは「俺の存在忘れてねえ?」とつぶやいてから、ボリボリと頭を掻いて俺たちを残し部屋の外に出ていった。

「くすっ……」

リリアがフレッドさんの出ていった扉を見て笑った。

その笑顔を見て、俺は勝利を確信したのだった。

そして。

「では、用意、始めッ!」

ギルド職員の声と共に模擬戦闘試験が始まる。

模擬戦闘試験が始まった。

勝てば、リリアが奪われた水晶珠を取り戻すことができる。負ければリリアを奪われてしまう。俺にも何かするつもりだろう。

奴らはS級パーティだ。

一方、俺たちは組んだばかりの即席のパーティ。ランクも定かではない。しかし俺には確信があった。

フレッドさんはダテにギルマスをしているわけじゃない。

リリアもスキルの状況を見て確信。決して弱くない。

「ハッ。オレたちの言いなりだったリリアよ、まさか勝てると思ってないよな？　素直にオレたちに従って慰み者になるのがお似合いだ」

軽薄な挑発にリリアは屈しない。キッとギザを睨み、剣を抜き近づいていく。

ギザもリリアに迫る。

「【剣聖：風神】発動！」

リリアの力強くも澄んだ声が模擬戦闘場に響いた。悠々と剣を構えるギザに突っ込んでいくリリア。

最初の一閃で、勝負の行方がわかる。

ヒュッ。

あっさりとギザの攻撃を躱し、距離を詰めるリリア。

リリアが戦闘の主導権を握っていた。

ガキッ。

剣と剣が交差する。

ギザの首元にリリアの剣が迫っていた。

「なななななっっ。お、お前本当にあのリリアか？」

リリアは無言でギザに剣を振り下ろす。

「ひ、ひぃっ！」

情けない声を出すギザ。俺とフレッドさんはその姿に安堵する。

「フィーグ、俺たちは俺たちの敵に目を向けようぜ」

「はい！」

目の前まで近づいてきた敵は二人。【アクファ同盟】のナルシスト剣士とスキンヘッド神官だ。

「フィーグ、頼む！」

「了解！　フレッドさん、スキル整備を行います。完了まで、相手の様子を窺いつつ、耐えてください」

「ああ、任せろ！」

俺を隠すようにして前に立ったフレッドさん。彼はいつも、戦闘をするときは上半身裸だ。

俺はフレッドさんのムキムキの背中に触れる。

「久しぶりだけど、微妙な気分になるなコレ」

フレッドさんのぼやきを無視して、俺は精神を集中した。

「【スキルメンテ：診断・複製・整備】【スキルメンテ：魔改造】を実行!!」

俺の声に応えて、スキル【診断】が起動する。

『名前：フレッド
職種スキル：
【モンク：身体強化】：LV59
【モンク：格闘】　：LV60《【注意!】：暴走間近》』

スキルが暴走間近じゃないか！　危ないところだった。

俺は素早く整備を行い、続けて【魔改造】を実行した。

《【モンク：身体強化】は【完全装備】を用いて魔改造され【モンク：金属筋肉《メタルマッスル》】に超進化しました》

なるほど。

リリアと同パーティだから、彼女のスキルを用いて魔改造したということか。

メタルマッスルという言葉の響きがヤバいな。

今にもナルシスト剣士とスキンヘッド神官がフレッドさんに武器を振り下ろそうとしている。

俺はすかさず魔改造したスキルをフレッドさんに返す。すると、ビクビクッとフレッドさんが震える。

鼻の穴を広げ興奮していた。

「ふっふがっ。こ……このスキルは……【モンク：金属筋肉】起動ッ！」

さすがだ。一瞬にして理解、スキルを発動させている。

『【モンク：金属筋肉】：LV59（絶好調）起動』

スキルの起動と同時に、むき出しの上半身が銀色に輝き光を反射し始める。

フレッドさんは、金属色の筋肉で剣士の剣と神官の戦棍を軽々と受け止めた。

キィィィィィン！

銀色の肉にぶつかり大きな音を立て、火花と共に弾かれる剣と戦棍。

「何ッ！！！？？？　なっ何だ……その体は⁉︎」

剣士と神官が怯む。

モンクという職階級《クラス》は体を強化、固くすることができ、その体で岩をも砕くという。でも、フレッドさんはそれ以上だ。金属製の剣や戦棍をあっさり弾いた上、刃こぼれもさせている。

「コイツは――すげぇ！　フィーグ、ありがとな‼」

どうやら、金属筋肉は硬化したり、それを解除しながら戦うようだ。硬化解除時にスキが生まれるようだけど、それを突くだけの力は奴らにはない。喜々として剣士の懐に飛び込んでいくフレッドさん。

フレッドさんの表情は、歓喜に満ちている。

一方、スキンヘッド神官が俺に突っ込んできた。ニヤリと舌なめずりをしている。

さっきフレッドさんを殴った男だ。こいつは勝ち誇ったような笑みを浮かべ口を開いた。

「フィーグ、お前はボンクラと聞いている」

「聞いているって誰に？」

「チッ」

こいつらは、何者かに命令され俺たちを襲っている。

模擬戦闘にかこつけて俺たちをボコボコにするつもりだろう。

「あなたを倒して、依頼主を聞きたいですね」

「お前やリリアみたいなボンクラが俺たちを倒す？　笑わせるな！」

俺のことはどうでもいい。でも、リリアへの物言いに、俺はとてつもなくイラッとした。

「……リリアの何がわかる？」

「わかるさ。俺たちはS級冒険者だからな！　お前みたいなボンクラと違う。いいだろう、オレがお前に指導《レクチャー》してやる」

「そうですか。ありがとうございます」

「これは訓練じゃない。試験とはいえ戦闘だからな。なんでもアリだ。卑怯とか言いっこなしだぜ」

「わかりました」

俺はフレッドさんのもう一つのスキルに魔改造を施した。

《【モンク：格闘】は【剣聖：風神】を用いて魔改造され【モンク：闘神】に超進化しました》

俺は大きく息を吸い、叫ぶようにスキルの名を呼ぶ。

「スキル【モンク：闘神】起動ッ！！！」

「と、闘神……？」

《【モンク：闘神】LV99（絶好調）起動》

スキンヘッド神官は額に汗をかき一歩下がった。威勢は完全に消えている。

息を整えると俺は神官の懐に飛び込む。

スキンヘッド神官の動きが、まるでふざけているように、ひどくゆっくりに見えた。

俺は短剣をしまい、素手での戦闘に切り換える。

スカッスカッ。

スキンヘッド神官が振り下ろすメイスを躱す。

メイスは金属製の棍棒《こんぼう》で、神官はこの手の武器をよく使う。

「くっ。コイツ、なんでこんなに躱しやがる？」

スキンヘッド神官が一歩退いた瞬間、俺は動きの止まったメイスを掴む。

動きが止まったので、俺は反対側の拳で思いっきり神官の頬を殴った。

ゴッ。

骨が軋む鈍い音が響く。スキンヘッド神官の頬がへこみ、顔が縦に伸びた。

あ。これはよくない。

俺は直感的に相手の状況を察する。体力や身体能力、そして、どの程度の攻撃に耐えられるのか。

拳を振り切ると顎の骨どころか他の骨も砕け脳に損傷を与えてしまう。最悪命を落とす。

背後にいる人間のことを聞き出すためにも殺してはいけない。

俺は力を僅かに抜き、ギリギリのところで調整した。ダメージそのものより、痛みが残るように。

「グッぐはっ……俺が避けられない……だと？　い……痛え……」

少し歪んだ顔でスキンヘッド神官が呻いている。顔が青ざめている。

「……クソっ。よくも殴りやがったな！」

「続けていきます」

「ヒェエェッ!!　卑怯だぞ！　正々堂々と武器には武器で戦え！」

「これは訓練じゃない、戦闘だと言ったのはあなただ。なんでもアリだ、卑怯だと言うなとも」

「う、う、うるさいぃぃぃ！」

顔色が青から赤に変わり、スキンヘッドに伝わる汗が光っていた。

俺は彼の声を無視して、もう一撃、今度は腹を殴ってみる。

「ウグッッーーぐえッ」

苦渋の表情。彼は神官着の下に鎖かたびらを装備していたが、俺の拳の勢いであっさり貫通し腹にめり込む。

拳の先から、神官の内臓が歪むのが伝わってくる。

これ以上はいけない。俺は、またもや力の調整をし、今度は顔を殴ることにした。

ガッ……ゴッ……。

何度もスキンヘッド神官の顔に打ち込む。これは実戦であり試験なのだ。手を抜くことは許されない、と思う。

俺の拳はどれだけ殴っても痛まない。モンクの硬化スキルほどではないにせよ、少しは補強があるようだ。

「グアッ……もうヤメテ……くれ……ください」

膝を地面につき倒れるスキンヘッド神官。

もう終わりなのか？

「レッスンを続けてください」

俺は、よいしょっという感じで、ひざまずいていた神官を立たせてあげた。

「なんで……まるで歯が立たない。……こん……なの……無理だ……」

スキンヘッド神官は、まともに立っておられずフラフラしている。

目を白黒させつつ、口から涎をたらしながら喘いでいる。

「あの、レッスンは？」

バタリ。

俺の言葉はスキンヘッド神官に届いていなかった。

白目を剥いて気を失ってしまっている。

周囲を見渡すと、フレッドさんが両腕を掲げるようなポーズをとって地面に寝そべる剣士にアピールしている。筋肉を見せつけている。俺の筋肉を見ろ、そう聞こえたような気がした。

剣士の剣はぐにゃぐにゃに曲がっているし、剣士の顔もボコボコになっていた。俺が相手をしたスキンヘッド神官よりも酷い。

たぶん、硬化した拳で殴ったのだろう。滅茶苦茶痛そう。

次にリリアを見る。

こちらも勝敗は決していた。リリアの圧勝だ。

リリアは、ギザを倒し、その首元に剣の切っ先を突きつけている。

「私の勝ちです。水晶珠を返してください」

「お、お前、本当にリリアか？」

「はい。貴方たちに虐げられてきた、元パーティメンバーのリリアです」

「き……綺麗だ」

唐突な言葉に、リリアは何も答えない。

「今まですまなかった。リリアは強いな。それに美しい。オレたちのパーティに戻ってくる気はないか？　S級パーティだぞ。歓迎する」

急に猫撫で声になったギザ。コイツは今さら何を言っているんだ？

「私に戻ってこいとおっしゃるのですか？」

「そうだ……ご、誤解だったんだ。実力を隠しているとは人が悪い。それに、腫れが引いた顔がこんなに綺麗だなんて。君を大切にする。だから、戻ってきてくれ」

ふう、と息をつくリリア。

彼女はまるで、ゴミを見るような目でギザを睨んだ。

「今まで……今まで私に向けた酷い言葉の数々を、私は忘れません」

「何？」

「私は心からパーティを組みたいと思った方々と出会いました。もう、あなたたちのパーティには戻りません！」

「……まさかボンクラのフィーグのことを言っているのか？」

ボンクラのフィーグ。その言葉を聞いた瞬間、リリアの細い眉が動いた。

「今、なんと仰《おっしゃ》いましたか？」

「何度でも言ってやる、ボンクラの――」

その瞬間、剣のきっ先が、キザの喉に僅かに突き刺さった。少しだけ血が滲むのが見える。

「……あっ？」

リリアは、あれ？　みたいな感じで声を上げた。

あの様子だと、本当に突き刺すつもりはなかったのだろう。

「ぐっグぇっすっ、すまない……けほっ……ゆ、許してくれッ!!」

リリアは焦っているように見えた。どうしよう、という感じで俺を見つめてきた。

「……すっ、水晶珠を返してくださ……い」

悪いことをした、というより我を一瞬忘れたことに対し恥じているのかもしれない。

リリアは気まずいのか、ギザから視線を外す。しかし、それがよくなかった。

視線を外したタイミングで手の力が入ったのか、さっきより深く剣の切っ先がギザの喉に突き刺さっている。

「ぎゃああ……ああ！」

ギザはかすれた悲鳴を上げると、そのまま気を失ったのだった……。

リリアは目を逸らして、下手くそな口笛を吹き始める。おい、誰の真似だ？

まあ、妙な本に書いてあることをするよりマシか。

完全に圧倒された【アクファ同盟】は意識喪失。

俺たちの完勝だった。

「これが……水晶珠か」

俺がギザの荷物から取りだしたのは、リリアが追い求めているものだった。

水晶珠は半透明のガラス細工のようなもので、台座があり丸い形をしていた。中心が仄かに光っている。

なぜか、俺のスキルが反応している。とはいえ、何か起きるでもない。

水晶珠をリリアに手渡すと、彼女は大事そうに両手で胸に抱えた。

「フィーグさん……ああ、なんてお礼を言ったらいいか」

「ううん。奴らの狙いは俺だったようだし、俺の力だけじゃ勝てなかった。お礼を言いたいのはこっちだよ」

「私はこの水晶珠を取り戻していただいたことが嬉しくて……。私は差し出すものがないので……その、私にできることなら、本当に、なんでも仰ってくだされば」

「だからさ、俺は何も……リリアやフレッドさんの頑張りの結果だよ」

すかさずフレッドさんが突っ込んでくる。

「あのなフィーグ、そこは素直に『今なんでもって言った？』って言うのが正しいぞ」

「フレッドさん、あのですね……」

くすくすとリリアが可愛らしく笑った。

それにつられ、俺たちも……周りのギルド職員らもほんわかとした心地良い雰囲気になった。

俺はリリアとフレッドさんが強くなったこと、そして依頼を達成できたことが嬉しかった。

俺の存在意義があったんだ。

しかし、せっかくの雰囲気を、ギザのしわがれ声が台無しにする。

「けほけほっ……たかだか戦闘試験で、お、オレたちがどうして拘束されるんだ？」

ギザは拘束され首に包帯を巻かれていた。声を出すのが少々つらそうだ。

「たかが田舎ギルドマスターが……こっちは……いや、フレッド、こんなことをして、ど、どうなるかわかっているのか？」

喉が痛むのか、苦しそうに話すギザにはもう迫力がない。フレッドさんはまるで意に介していないようだ。

「フン。田舎街のギルドマスターねぇ。まあ、いいや。フィーグ、お客さんらしいぞ」

カツカツと靴の音がした方向を見ると、四〇歳くらいの精悍な男性がいる。傍らには、白銀の鎧を纏う騎士がいた。二人とも見覚えがある。

「久しぶりだな、フィーグ殿。突然王都からいなくなってびっくりしたよ」

「ディーナ公爵、それにエリゼ様まで」

「こんにちは、フィーグ殿。急に王都からいなくなるなんて……何があったのですか？　探しましたよ？」

騎士のエリゼ様が少し頬を膨らませて言った。女性騎士でとても凛々しく、国内外で起きる騒乱や事件を解決し活躍されている。英雄と彼女を呼ぶ声もある。

俺は時々、公爵の邸宅に招かれ、騎士エリゼ様のスキル整備をしていた。うーん、手紙を送ったはずだが……伝わってないようだ。

「なッ……。ディーナ公爵に騎士殿まで……王都の貴族や騎士がどうしてこの街に？」

一瞬にして、ギザの顔が青ざめる。まあ、公爵は公の場に現れることも多いし王都に住む者なら顔くらい知っている。ランクの高い冒険者ならなおさらだ。

もっとも、ギザの声など誰も聞いていない。

「フィーグ殿。私がこの愚か者共に話をしていますので、急いでエリゼを診ていただけませんか？」

公爵が俺に頭を下げた。

スキルが暴走しかけているのだろうか？　前回のメンテからあまり日が経っていないはずだ。

エリゼ様はちらりと、俺の傍らにいたリリアを見て少し表情を固くしている。

警戒しているのかな……？　まあ、後で紹介しておこう。

「では、フィーグ殿、こちらへ」

騎士エリゼ様は俺の手を引き、用意してあるというギルド内の部屋に連れていこうとした。

「…………ッ！」

うん？　何か殺気のようなものを感じて振り返るが、何事も起きていない。強いて言えば、エリゼ様とリリアが互いに視線を交わしている。

まあ、気のせいだろう。

しかし、中庭を離れようとした瞬間、俺の頭に幼い女の子の声が響く。

『たすけて――！』

俺は声の主を探し周囲を見渡すが、どこにも見当たらない。不思議なことに俺以外には声が聞こえていないようだ。

もう一度声を聞こうと意識を集中するものの、再び声が響くことはなかった。

仕方なく俺はエリゼ様が待つ冒険者ギルドの空き部屋に移動する。

「お久しぶりですね、フィーグさん」

先ほどと違い、柔らかい口調に変えて話すエリゼ様。

エリゼ様から、薔薇の花のような良い香りが漂ってきた。

俺は立ったまま彼女の両手を取り、スキルメンテを実行する。

が、そのとき、スキルが俺に告げる。

《戦闘に勝利し条件を満たしたため、新たに特技スキルの診断が可能になりました》

ん？

なんだ特技スキルって。

しかし、今はエリザ様のメンテが先だ。

いつものようにスキルの診断から始める。

『名前：エリゼ
職種スキル：
【聖騎士：聖剣】　ＬＶ55：《注意：消耗大》
【聖騎士：癒やしの手】　ＬＶ50：《注意：消耗大》
【聖騎士：防衛聖域《ドーム》】　ＬＶ49：《注意：消耗大》
【聖騎士：祝福《ブレス》】　ＬＶ51：《注意：消耗大》
特技スキル：
【貴族：作法】　ＬＶ20
【貴族：教養】　ＬＶ33
【貴族：舞踏】　ＬＶ41
【裁縫】　ＬＶ10
【読書】　ＬＶ98：《注意：小説の読みすぎで消耗大。暴走間近》』

ん？

【貴族：作法】とか、【裁縫】とか。魔法的なスキルというよりは、もっと一般的な「特技」を見ることができるようになったのか？

恐らく、今までのように整備後、俺も使うことができるのだろう。他人の特技を実行できるというのも楽しそうだ。

ん？　特技スキルの中に一つ消耗が進んでいるのがある。しかも暴走間近だ。

しかもLV99に近《カンスト》いぞ……【読書】？　相当に本を読んでいるってことかな？

よくわからないまま、俺は【読書】をメンテした。

職種スキルも全て消耗が進んでいる。

危ないところだった。【聖騎士：聖剣】【聖騎士：癒やしの手】【聖騎士：防衛聖域】順番にメンテを繰り返す。

「ふっふうぅ……」

エリゼ様が頬を染めていらっしゃる。

プライベートなことなので、俺はエリゼ様の耳元に口を寄せ、質問した。

「あ、あの……エリゼ様……【読書】が暴走しかけていましたが……何を読んでいらっしゃるのですか？」

「えっえええええええっ……そ、そんな、破廉恥な小説なんて……し、知らない……知りませんっ！」

エリゼ様は、凜々しい顔を赤らめぶんぶんと横に振り必死に否定した。

地雷だったようだ。俺は失礼しましたと言い、無事にスキルメンテが終わったことを告げた。

「あ、ありがとうございます。先ほどのことは内密にお願いします」

エリゼ様がうろたえていた。いつも騎士としてキリッとされている姿から想像できない。多分、そんな御姿を知っているのは俺だけだろう。

「それでフィーグさん」

少し落ち着いたエリゼ様が言った。

そして上目づかいで俺を見る。

「私の叔父の養子になるという話は……まだお時間が必要でしょうか？」

養子の話は前からちょいちょいエリゼ様から言われている。

俺に身寄りがないことを気にされているのだろうか？

「大変光栄なことですが……アヤメのこともありますし、もう少し考える時間をいただければと存じます。難しいようならその、なかったことにされても仕方ないと考えています」

「いっ、いえ……時間はありますので大丈夫です。お返事をお待ちしておりますね」

「ありがとうございます。でも、どうして養子なんて……？」

「いつもお世話になっておりますし、叔父もフィーグさんを大変気に入っておりますし……何より私と婚約するためには――」

「婚約？」

「い、いえ、なんでもありません、あの、いつでも困ったことがあれば、私を頼っていただいて構いませんのでっ！」

「は、はい、ありがとうございます」

養子か。

貴族になってしまうと、色々と自由が奪われそうに感じる。

どうしてもアヤメの学費の問題が残るようなら最後の手段としてアリなのかもしれないけど、今は保留にしよう。

◇◇◇

俺はエリゼ様と一緒に公爵らのもとに戻った。

公爵は【アクファ同盟】の者たちに尋問をしていた。

「……お前たち、王都から連れ立ってきた者が他にもいるだろう？　この街で何をしていた？」

「な、なんのことでしょうか？」

「とぼけるな！　武器防具を買い占め、勇者印の武器防具を売るように脅していたことは知っているぞ？」

「お、脅すなんて……そんな……。ただ、協力を求めただけで」

「それが良くないのだ。お前ら、王都のパーティは王都での権限が強いのかもしれないが、この街は違う。冒険者ギルドはともかくそれ以外の店にとって、お前らは一介の冒険者に過ぎんのだ！」

「う……」

「領地を荒らした者は、いくら高ランクの冒険者だろうと許されんかもしれんぞ？」

「クソっ。ここまでか……――、――」

ギザは、吹っ切れたような表情をして、ぼそっと呪文のような言葉を発した。

キーン……。

耳障りな甲高い音が聞こえたと思ったら、ギザの服の胸元が黒い光を発し始める。

「なっ何をした？」

「ふっ。お前らの記憶がこれから消えるのだ」

「何っ？」

ギザが着ているシャツの胸元が膨らみ始め、服を突き破り黒く丸いものが姿を現した。

たまごのような形状だが、表面は黒く禍々しい模様が浮き上がっている。

「これは……そんなバカな……まさか魔導爆弾……!?　……ぜ、全員避難！」

俺の隣にいたエリゼ様が青い顔をして叫ぶ。

周囲の全員に衝撃が走り、慌てふためいている。

エリゼ様は、まるで幽霊を見るような瞳でその黒く丸いものを見つめた。

一歩後ずさるものの、口元をぎりっと噛み、意を決した様子で踏みとどまる。

「なんで、なんでこんなところにっ!?　街中《まちなか》だぞ、人が大勢いるのだぞ？」

「魔導爆弾とはなんですか？」

エリゼ様は俺の声にはっと我に返ったようだ。落ち着いた声色になる。

「は……はい。これは魔導爆弾といって、近年、国内外の紛争の現場で稀に見られるようになったものです。竜人族のたまごのようですが、孵《かえ》る瞬間に広い範囲を破壊し、燃やし尽くすほどの爆発を起こします。街一つを吹き飛ばすくらいの……」

「竜人族のたまご？　……街一つくらいを吹き飛ばす爆発？」

「一〇年ほど前に、この街の近くであった爆発も……いや、ごめんなさい」

エリゼ様は俺の顔を見て口ごもった。何かを言いかけて止めた様子は気になるが、とにかくヤバいものらしい。

『たすけて――』

『たすけて――もう……とめられない――』

『しにたくない――』

再び、幼い少女のような声が聞こえる。周りを見ても、誰も気付いていないようだ。

この声はまさか、このたまごから？

俺の想像通りなら、このたまごの中の子は孵らず死ぬのだろう。一度も外の世界を見ることもなく。

その生命力を全て爆発のエネルギーに変えて。

俺は慌ててエリゼ様に質問する。

「止める方法はないのですか？」

「今のところ見つかっていません。情報が少なすぎるのです。何しろ、魔導爆弾の起動を見たものは、爆発に巻き込まれ生きていないのですから」

エリゼ様の瞳に涙が溜まる。

「今まで何人の仲間が……この爆弾に――」

彼女の顔を見ると、今がいかに絶望的な状況なのか想像がつく。

「ひっひぃぃぃぃぃっっッ！」

「うわあああっ」

「爆弾だと？　記憶を消すものじゃなかったのか？」

アクファ同盟の者たちはのけぞり、もがきながら魔導爆弾から離れようともがき始めた。

しかし、拘束されているため身動きができない。特にギザは魔導爆弾を抱えたまま、もがくだけだった。

そんなギザのもとにエリゼ様が駆け寄る。彼女は短剣を懐から取り出すと、ギザの首筋に当てた。

「なぜこんなモノを持っている？」

「そ……それは」

「言え!!」

怒りは相当なものだ。冷静なエリゼ様の激昂する姿を見るのは初めてだった。

脅すように、短剣をギザのすぐ横の壁に突き立てた。

ガッという大きな音を聞き、ギザは身をすくめた。

「王都ギルドのギルマスが……いざというときはこれを使えと」

「なんだと？　止める方法は聞いていないのか？」

「そもそも記憶を消す道具だと聞いていて……し、しらない」

「そうか。お前たちは捨て駒のようだな」

「な……何？」

ギザたちは今さら、自分たちが使い捨てであることを悟ったようだ。たとえ目の前の窮地を脱しても、今この危機を招いた責任は問われるだろう。

公爵や騎士を危険に晒したのだ。ギザの瞳が、絶望の色に塗れていた。

「も、もう……勇者アクファ同盟はおしまいだ……」

護衛や付近のギルド職員たちが血相を変えて離れ始めている。

しかし、退避を呼びかけたエリゼ様は一向に逃げようとしない。

「お、お父様……お逃げになってください。ここは私が」

エリゼ様は、ギザの胸元の魔導爆弾を手に取ると、それを両手で胸に抱えた。

「エリゼ……まさか？」

「【聖騎士：防衛聖域】起動！」

エリゼ様の周囲が、半球状の白色の結界で囲まれる。

聖域内で爆発させ、衝撃を少しでも弱めるつもりなのだろう。身を挺してみんなを守ろうとしている。

「もう全て手遅れです……孵化が始まっています。爆発すれば、冒険者ギルドの建物くらいは……いいえ、街ごと簡単に吹き飛ばしてしまう威力です」

「そ、そんな……エリゼ」

「できるだけ遠くに逃げてください。……数分以内に爆発します。急いで！」

俺は覚悟を決め【防衛聖域】による結界を越えてエリゼ様に近づいた。

「フィーグ殿、お逃げください。【防衛聖域】によって多少は被害を抑えられるはずです」

俺は首を左右に振る。幸い、最後にメンテしたのが【聖騎士：防衛聖域】だったので俺に複写されている。

俺に迷いはなかった。

「【スキルメンテ：試行】により【聖騎士：防衛聖域】を起動！」

《成功【防衛聖域】ＬＶ99、発動します》

ブン、という低い音が響き、エリゼ様のより濃く大きい光の結界が現れる。

この結界は内部からも外部からも攻撃を遮断するものだ。

「フィーグさんは……私より強い【防衛聖域】を張れるのですか……すごい……でも、それでも……」

驚きつつも、まだ十分でないことをエリゼ様は認めていた。

俺に二つの人間が近づく。

「よおフィーグ、なんだか大変だな。俺もつきあうぜ。銀色の筋肉を使えば、少しはマシにならないか？」

「フィーグさん。私もご一緒させてください」

彼らはどこかピクニックにでも行くような軽い口調で俺に話しかける。命を落とすような、そんな危険な場所なのに。

「二人とも、どうして？」

「私と兄は……フィーグさんがいない世界で生きていても仕方がありません……。ううん、私にも何かできることがあると思っています」

「ああ。俺も同じ気持ちだぜ、フィーグ」

もしかしたら？

二人のスキルがあれば。

より強固な防衛のスキルが得られるかもしれない。

「【魔改造】を、【防衛聖域】に対して実行！」

俺は叫ぶようにして、魔改造スキルを起動した。

《【剣聖：風神】の空間を切り裂く性質と、【モンク：金属筋肉】の、対象を変質させる能力を用いて、【防衛聖域】を魔改造します。成功しました》

スキル整備が誇らしげに俺に告げた。

《【防衛聖域】は【次元隔離《バニッシュ》】に魔改造されました》

《【次元隔離】は、対象を異空間に隔離します》

成功だ。よし……これで……。

『たすけて……もう……だめ……』

また、幼い少女の声が聞こえた。随分近くから聞こえる。悲痛な声が俺の心に響く。

間違いない。この声はエリゼ様が抱えている魔導爆弾、竜人族のたまごから聞こえている。

今の問題を解決するには、竜人《ドラゴニュート》のたまごだけを異空間に隔離してしまえば解決だ。

声の主である竜人の少女の命は消えてしまうだろうけど、街に被害はない。

竜人の子を犠牲にして、街のみんなが助かるだろう。

だけど魔導爆弾が竜人族のたまごなら。

くわえて、俺のスキル整備が反応しているなら。

爆弾化というのが、俺の想像するものであれば――別の解決方法がある。

俺だからできること。

俺にしかできないこと。

俺は今、そのために、ここにいるのだ。

竜人族の少女の悲痛な叫び。恐らく必死に爆発を遅らせているのだろう。そんな彼女を見捨てて何になる？

俺はエリゼ様が抱えている黒いたまごの魔導爆弾を手に取った。

するとエリゼ様が目を見開き、俺の顔を見つめてくる。

「フィーグど……の？」

俺の顔を見てみんなが不安そうな顔をしている。

大丈夫だよ、俺は笑って言う。そう、まるでピクニックにでも行くように。

「じゃあ……みんな。なんとか頑張ってみるから少し待ってて。エリゼ様、フレッドさん、それに、リリア」

「「「えっ……何を言って――？」」」

俺はたまごを抱き締め、叫んだ。

「【次元隔離】起動！　対象は、竜人族のたまごと俺自身だ！」

俺の体が強い力でぎゅうっと縮められたり伸ばされたりする感覚があった。

視界がぐにゃりと曲がり、暗くなっていく。

「フィーグさん……いつまでも待っています。ご無事を祈っています」

リリアの声色は優しく落ち着いていて、ただただ、信じていますと……そう言っているようだった。

◇◇◇

真っ暗な空間の中に、俺と魔道爆弾だけがあった。

鳥のたまごくらいだった大きさが、今では人の頭以上の大きさになっている。

直感的にもう時間がないことを悟る。間に合うのかどうかわからない。

でも、もし失敗しても被害はこの空間の中だけに留まるだろう。

街や、人々の安全は守られる。ここに来たのはそんな打算があったためだ。

さあ、やるか！

「俺が抱えている魔導爆弾に【スキルメンテ：診断】を起動！」

『名前：なし（種族：竜人族）

職種スキル：
【竜人：炎の息《ファイアブレス》】ＬＶ90：《【警告！】：大暴走状態！　核熱爆発《ニュークリア》に変化》
【竜人：竜化《ドラゴンモード》】ＬＶ１：《【警告！】：封印状態！》
【竜人：飛翔】ＬＶ１：《【警告！】：封印状態！》

やはり。

魔道爆弾とは竜人のたまご……つまり生き物だという話を聞いて、俺はこの可能性を疑っていた。

竜人はまだ生まれていない。

意識があったとしても、眠る時間のほうが多いだろう。

そんな状況でスキルを酷使することはありえない。だとしたら、これは何者かが意図的にスキルの暴走状態を作り出し、爆弾として利用しているということだ。

『やだ、しにたくない――』

『だれか、だれかたすけて――』

『だれか――』

少女の声が心に響く。

こんなものがどうしてあるんだ？

どんな目的があれば、こんな酷いことができるんだ？　俺は理解ができなかった。

『おねがいだから――』

心に響く声は、まだ聞こえている。

エリゼ様は孵化をする瞬間に爆発すると言っていた。

なんらかのトリガーにより孵化が始まり、その過程でスキルが最後の起動を始めるのだと。

暴走の結果、周囲を巻き込んで爆発する。周囲の大勢の命を巻き込んで。竜人の子はバラバラになりその一瞬の生涯を閉じる――。

『だめっ、もう、もう、スキルが……きどうする！　にげて……！』

ピシッと、たまごにひびが入った。

爆発がスキルの暴走によるものであれば、俺のスキルが役に立つ。

時間がない。やることは一つだ。

「今まで、よく頑張ったな」

俺は、真っ黒な竜人のたまごに声をかけた。さあ、これで終わりだ。

「【スキル整備：――】」

言いかけたところで、両手のひらに熱く焼けるような感覚があった。

俺の手のひらが火傷でただれ始めている。

急げ！　時間がない！

「【スキル整備：診断・複製・整備・上書き】を実行！」

《スキルメンテを暴走中の【炎の息】に対して実行します》

両手に抱えているたまごを落とさないように、俺は耐える。

《スキルメンテ：複製・整備・上書き……魔改造》

いつもは一瞬で終わる工程が、とてつもなく長い時間に感じる。

早く……早く……。

まだか……まだか……？

永遠とも思える一瞬が過ぎ去る。

そして……。

《成功しました。スキル【炎の息】の整備が完了しました！》

《【炎の息】に対し【核熱爆発】を用いて魔改造を行います……成功しました。スキルは【獄炎の息】に魔改造されました》

ひび割れは止まり、熱くなってきていたたまごは、次第に冷えていくのがわかった。手のひらからチクチクするような痛みを感じるが、これは火傷によるものだろう。

たまごの表面が、白く変化していく。

とくん、とくん……。

耳を付けてみると、僅かな鼓動と温もりを感じる。生きている……。

『名前：なし（種族：竜人族）
職種スキル：
【竜人：獄炎の息《ヘルファイアブレス》】ＬＶ90：《絶好調》

【竜人：竜化】　ＬＶ１：《【警告！】：封印状態！》
【竜人：飛翔】　ＬＶ１：《【警告！】：封印状態！》

「ふう……やった！　やった！」

俺は喜びのあまり、たまごを抱えたまま飛び跳ねる。

おっと、割ってしまっては元も子もない。俺は落ち着きを取り戻し、周囲を見渡した。

俺は重大な問題に気付く。

「あれ？　どうやって帰るんだ？」

【次元隔離】はこの真っ暗な空間に送り出すだけで戻してくれないのか……？

俺は焦った。今までで、一番焦った。

とはいえ、できることもない。まあ、竜人族のたまごを爆散させなかっただけでもよかったと思うことにしよう。

ここで待っていたら助けもあるかもしれない。

『ひしょうスキル』

また幼い声が聞こえる。

「スキル【飛翔】か。確かに君は【飛翔】のスキルを持っているようだけど、封印されているね」

『すきるが、つかえないから、すてられたのかな』

捨てる？　どういう意味だ？　どちらにしても、使えないというのは誤りだ。

「ううん、君はスキルを使える」

『ほんと？』

「ああ」

『じゃあ……いきていてもいい？』

なんでそんなことを疑問に思わなくてはいけないのか？　俺は苛立ちを覚える。

「もちろん。生きて欲しい」

『えへへ……わかった！』

頭に響く少女の声が明るくなっていく。

でも、この子は捨てられた？　生まれてくるはずの命を捨てる？

スキルが使えないから、爆弾にされた？

生きて良いのかどうかすら疑問に持つような悲しみをこの子は抱いていた。

たまごの中で死ぬ……死籠もりとなるのをただ待つだけの人生ってなんだ？

この子は親の元に返すべきなのだろうか？

でも、本当に、それで幸せになれるのだろうか？

俺は努めて、明るい声で語りかける。

「うん。俺に任せて。スキルが使えるようにする。ついでに魔改造もして強くしておこう」

『……え……本当に？』

「もちろん」

《竜人族のスキル【飛翔】を修復。成功。封印状態が解除されました》
《【次元隔離】の次元を操作する性質を用いて【飛翔】を魔改造します。成功》
《【飛翔】は【次元飛翔】に魔改造されました。上書きします》
「よし」
《【次元飛翔】は、通常の空間での飛行に加え、異空間に移動することもできます》
なるほど。
俺がこのスキルを使えば、元の世界に戻れるかもしれない。
俺は大きく息をつき、叫ぶように言った。
「【次元飛翔】を起動！」
《【次元飛翔：ＬＶ99】が起動しました》
俺の背中に、翼のようなものが生えている。それは俺の身長くらいの長さがあり、輝いていた。
動かしてもいないのに、ふわっとした浮遊感がある。体が浮いている。
「ありがとうな。君のスキルのおかげで帰れそうだ」
たまごを撫でると、幼い少女の声が響く。
その声は弾んでいて、希望に満ちていた。
『たすけてくれて、ありがとう……！　こえをきいてくれて、ありがとう……！　みつけてくれて、ありがとう!!』
俺は、その声に応えるように、たまごを撫で続ける。

さっきよりたまごのひびが増えている。
孵化が始まっている。願わくば……世界が彼女に優しくありますように。
疲労のためか、途轍もない眠気が襲ってきている。
俺はうつらうつらとしながら、ぼんやりと考えていた。
――王都冒険者ギルドは、国内外から優秀な人材を集めている。
S級、SS級、SSS級に君臨する勇者パーティ。
一方、イアーグの街は王都に比べると随分な田舎だ。
田舎ギルドのパーティが、王都ギルドに所属するパーティより強くなったら？
いろんな場所からいらないと言われた者が、世界最強と言われるようになったら？
「それは……夢のようなことかも……しれない……なぁ」
俺は力尽き、仄かな光の中に、ゆっくりと落ちていったのだった。

第十一話　パパとママ

「……さん…………フィーグさん……フィーグさん」

誰かが、かすれた声で俺の名を呼んでいる。

「フィーグさん……早く起きてください……フィーグさん……」

声の方向から光が溢れていく。

「フィーグさん、起きないと許さないわよ……ぐすっ……フィーグさん……」

暖かな陽差し。柔らかな肌触りの毛布。

指の先には、しっとりとした誰かの指が絡まっている。

次第に意識がはっきりしてきて目を開けた。いつもの天井が目に飛び込んでくる。

ここは自宅、俺の部屋だ。

人の気配を感じ首を傾けると、ベッドの脇にはリリアが椅子に座ってベッドにもたれかかり眠っていた。俺の手をしっかりと握っている。

「リ……リリア？」

俺の声は、随分かすれていた。

「ん……」

リリアが目を擦りながら起き上がる。

「あっ……フィーグさん!?」

ぱっとリリアは笑顔になったが、同時に涙が頬を伝う。

「フィ……フィーグさん……よかった……よかったっ！」

リリアは俺の手を取ると、大事そうに胸に抱え起き上がった俺に抱きついてきた。

肌の温もりが心地いい。で、でも……次第にリリアの胸に圧迫されて息が詰まってくる。

「リリア……ぐるしい」

「あっ」

俺の苦しそうな顔に気付いたのか、リリアがぱっと離れた。

「一体どうなった？　みんなは、たまごは……？」

「フィーグさん、大丈夫です、全て問題なしです！　皆さんを呼んできます！」

そう言って、リリアは優しく俺の腕を戻すと部屋の外に向かってぱたぱたと駆け出していった。

しばらくして、がやがやとアヤメやフレッドさん、リリアが部屋に入ってくる。

「お兄ちゃん！」

「よぉ、フィーグ」

「フィーグさん。とても、とっても、心配しましたよ！　まったく……」

リリアが珍しく声を荒らげて言い、ぷいっとそっぽを向き、少し頬を膨らませている。

おお、完璧なツンデレだ。遂にマスターしたんだな。

「リリア、俺を信じているって言ってなかったか？」

「そ……それはそうですけど。もうあんな無茶はやめてください。どんなときも、私はご一緒しますので」

言ってからうつむき頬を染めるリリア。

次に口を開いたのはアヤメだ。

アヤメは胸に可愛い赤ちゃんを抱えている。すやすや眠っていた。

「お兄ちゃん、あたしもびっくりしたんだから！」

いや、その赤ちゃんはなんだ？

「フィーグ、色々大変だったが、二つもスキルを強くしてもらったしなあ……借りは大きいから。オレは何も言わん」

いや、だからアヤメが抱えている赤ちゃんは誰？

おいおいおいおいおいおいおいおいおい。

「ま、まさか…………その赤ちゃんは……もしやアヤメの子か？　父親は誰だぁっ!?」

ちらっちらっと容疑者の一人であるフレッドさんを見た。

するとなんだか恥ずかしそうにするアヤメ。

「あ、あのね……まだ、あたし赤ちゃん産んでないし……お兄ちゃん覚えてないの？」

「うん？」

フレッドさんが口を挟む。

「フィーグは三日ほどしか眠ってないし、そんな短期間でアヤメちゃんが生んでいるわけないだろ？

この子は、フィーグが連れ帰ってきた竜人のたまごから生まれた赤ん坊だ」

溜息をつきながらフレッドさんが簡単に説明してくれた。

俺は魔導爆弾、つまり爆弾に改造された竜人族のたまごを抱え、時限隔離で異次元に転移。

たまごの爆弾化を解除し、こっちの世界に戻った。

俺が戻ってきたときには、胸に赤ちゃんを抱いていたのだという。どうやら、無事に孵化したようだ。

赤ちゃんの外見は人間とほぼ同じ。ちなみに女の子らしい。

時々聞こえていた幼い女の子の声は、この子が発していたことになる。

竜人の赤ちゃんなど前代未聞。ギルドで処遇を検討しているようだ。決まるまでうちで預かることになったらしい。

「預かるって大丈夫なのか？　アヤメ？」

「うん、平気だよ。食べ物は要らないみたいだし、ずっと眠ってるだけだから。することといえば、沐浴くらいかな。フレッドさんも、ギルドの皆さんも気にかけてくれているから、大丈夫」

「まあ、そういうこった。誰か知らない人に預けるよりは、って、アヤメちゃんが言い始めたんだけどな」

フレッドさんが頷く。色々支援があるのは心強い。

「お兄ちゃんも抱いてみる？　可愛いよ？」

アヤメは俺に赤ちゃんを渡してきた。俺は半身を起こし、その子を腕に抱く。

ぱっと見た感じ、竜人族といっても、普通の人間とそれほど変わりがない。

すやすやと微笑んで眠っている。小さいのに意外と重い。

俺はその重みを心に刻む。重みに耐えられず、どんどん俺の腕が下がっていく。

どんど……ん？

重い。なんだか大きくなっていないか？

周囲のみんなも異変に気付いたようだ。

むくむくと、赤ちゃんから幼女へ、そして少女へと体が大きくなっていく。

なんか背中に羽らしきものも生えてきている。そして、少女は一〇歳くらいになって成長が止まった。

彼女を巻いていた布がギリギリだ。

眠っていた幼女が、ゆっくりと目を開けていく。目と目が合う。

その瞬間に俺を認識したのか、少女の口元が緩み、可愛らしい笑顔を見せる。

「パ……パパ？　わーい！　パパだぁ！」

少女は俺に抱きついてくる。その勢いで布がはらりとめくれた。

「パパにやっと会えたぁ！」

えっ？　パパ？　俺は戸惑いを隠せない。

しかしそれはリリアたちも同じだったようだ。

「「「パ、パパ？」」」

「あー。ママもいる！」

そう言って少女はリリアとアヤメを見た。

「「えっ」」

「あっ。初めて見た動くものを親だって思うあれかな？　お兄ちゃん」

「違うと思うけど」

幼い竜人の肌の温もりが尊い。この子の命を守れて、本当に良かった。

け、けど、パパって、う、うーん。俺の娘ってこと？

戸惑う俺たちをよそに、その子は俺にぎゅうっとしがみついてくる。

「パパぁ。大好きだよっ！」

リリアとアヤメによって着替えを済ませた竜人の少女。服はアヤメのお古だが、なかなか似合っていた。

ひらひらするスカートが可愛らしい。竜の羽は収納が可能なようで、シャツも問題なく着こなしている。

頭に小さなツノがある以外は、普通の人間の子に見える。

俺たちはドラゴニュートの少女をキラナと名付けた。

魔導爆弾にされた影響なのか、時間の流れが不自然なようだ。でもきっと、徐々に治っていくだろう。

「んとね、みんなの声聞こえていたよ！」

嬉しそうに、くるくると回って順に俺たちの顔を見つめてくるキラナ。

キラキラと瞳が輝いていて、とても楽しそうだ。

「あたしのスキルを治して強くしてくれたフィーグパパ。そのスキルにね、リリアママとフレッドママを感じるの」

「……オレはパパじゃないのか。まあ相手がフィーグならママでいいや」

なぜかリリアとアヤメがフレッドさんをギロっと睨む。

「アヤメママは、生まれてからずっとあたしを抱いてくれてた。優しくお世話をしてくれた……。お風呂にも入れてくれて……」

「ま、まあ……あたしは……赤ちゃん可愛いし」

照れながらもアヤメは嬉しそうだ。何気に世話好きなんだな、アヤメ。

まるで我が子のように見つめる眼差し……とはいえ、アヤメだと子供が子供をあやしているようにしか見えない。

「フィーグパパ大好き！」

キラナは俺の顔を見るたびに、そう言って抱きついてくる。

その勢いはなかなかのもので、さすが竜人族だと言わざるを得ない。

おかげで、筋肉が鍛えられていく。

「パパ、一緒にお風呂入ろ？」

「お兄ちゃんばっかりズルい。あたしも入るの」

「いいえ。私が……」

「じゃあ、みんなで入ろ？」

誰がキラナをお風呂に入れるのかアヤメとリリアが張り合ってその権利を奪い合う日々。

俺も誘われているが、遠慮して三人で入ってもらっている。キラナはともかく、リリアやアヤメと一緒に入るのは気が引けた。

あの百合空間に男が挟まってはならない。あの集団に男が挟まるのは罪《ギルティ》なのだ。


いつも、風呂場からは三人のきゃっきゃっとはしゃぐ声が聞こえ、それを聞いて眠るのが日課になっていく。

キラナは昼間は神殿に預け他の子供たちと過ごさせ、朝と晩はアヤメ、俺、リリアで面倒を見ることになった。

竜人の子供だとは誰も思わない。伝説上の種族がまさか、こんな田舎にいるなんて、思いもしない。

俺はしばらく、このままでもいいと思う。竜人の一族が存在するとして、そこに返すかどうかはキラナの意向も含め考えていこう。

キラナと一緒に街を散歩するのも日課になっていく。

ある日、いつものように散歩をしていると、近所のお婆さんから話しかけられた。

「あんなに小さかったフィーグに子供ができるとはねぇ……時が経つのは早いねえ。で、嫁さんはリリアさんかい？ それとも、あの幼馴染みのレベッカちゃんかい？ まさかアヤメちゃん……は、妹だから違うとして……」

「実は違いまして……」

時々俺の子供だと本気で勘違いする人もいて、俺は頭を抱えている。

◇◇◇

「ギザたちはどうなったの？」

「アイツらは、騎士エリゼ様が全員しょっぴいていったよ。王都に連行するらしい。俺たちやギルド職員、さらには公爵や騎士も危険に晒したわけだからな。ただじゃ済まないだろう」

「まあ、そうか」

「騎士エリゼ様は、それはそれはもの凄い剣幕だった。魔導爆弾にかなり悩まされていたらしいし、フィーグが目覚めないことも気にされていたようだ」

「そっか。じゃあ、また挨拶しないといけないな」

「エリゼ様は色々とギルドのためにも動いてもらっているし、暇ができたら王都に出向いて話をしてもらえると助かる」

「そうですね」

追加で話を聞いたところによると、王都ギルマスが黒幕だったらしい。

俺はあまり接点がないいんだが……俺のことを探していたのはギルマスの指示らしいが、一体なんの用があったのだろう？

◇◇◇

俺は念のため数日休養を取らされていた。

心配性のリリアとアヤメ、さらにはフレッドさんによって。アイツらは交代で俺を見張り、外に行かせてくれなかった。

せっかく冒険者の資格も取ったのに。

うずうずし始めた俺は、休養明けに、さっそく冒険者ギルドに向かう。

早速フレッドさんに依頼を貰おう。

「依頼の前に、パーティランクについてだ。ギルドで話をした結果、フィーグとリリアのパーティは、Cランク、つまり銀等級からスタートに決定した」

「そうですか。まあ規定通りってヤツですね」

「本当はSランクパーティに勝ったのだから、SかSSランクでもいいと思ったのだが、こればっかりは規定でな。勘弁してくれ」

「いいえ、大丈夫です。いきなり難しい依頼が来てもアレですし、そもそも俺自身は一人だと戦闘力がないので」

「そう言ってくれると助かる」

フレッドさんはそう言うと、一枚の紙を俺に差し出してきた。

「さて本題だ。既にフィーグ指名の依頼がある。フィーグの幼馴染み、レベッカちゃんからの依頼だ」

「あ、まだ顔出してないな」

「ああ、ちょうどいいだろ？　レベッカちゃんは武器防具の装備屋をやっているわけだが、アクファ同盟のバカ共が迷惑をかけていたようでな。あまり良くない状況らしい」

レベッカは子供の頃、よく一緒に遊んでいた幼馴染みだ。

会うのは久しぶりだな。それに、リリアの勇者印の装備はリリアのスキル【完全装備】でうまく扱えているが、どうせならもっと良いものがいいだろう。魔導爆弾の件で公爵から謝礼を貰ったのでちょうどいい。

俺はリリアを連れて、レベッカが営む武器屋に向かうことにした。

第十二話

王都ギルドマスターの終焉

王都ギルマス・デーモは、連絡が取れなくなった【アクファ同盟】に苛ついていた。

「あいつら……俺の連絡を無視しやがって。いや、まさか……？」

依頼に失敗したのではないか？　魔導爆弾を起動した？

だとしたら定期連絡もなく、こちらから連絡しても返事がないことと辻褄が合う。

最後に連絡を取ったときには、イアーグの街冒険者ギルドにいた。魔導爆弾を使ったのなら、冒険者ギルドの建物ごと吹き飛んでいるだろう。

「ま、まあ……それでも全てが消えるなら問題ない。確かめるためにもフレッドに連絡してみるか」

通信用の魔道具を取りだし、イアーグの街冒険者ギルドに連絡を取る。

デーモは、破壊されたため不通になるだろうと思っていたのだが。

『ご連絡ありがとうございます。イアーグの街、冒険者ギルドマスター、フレッドと申します』

「ゲッ……どどど……どうして？」

元気そうに答えるフレッドの声に驚くデーモ。

どうしてコイツが通話に応答するんだ？

『えっと、どちら様ですか？』

「フン、わ、私は王都冒険者ギルドマスター、デーモだ。久しぶりだな、フレッド」

『はあ、デーモさんですか』

支部のギルドマスターにしては、軽い返事だった。

デーモは苛つく。

コイツは元々反抗的だった。

王都から離れている田舎だとはいえ、未だにギルマスにしがみつきやがって。

デーモはフレッドの声に怒りを隠さない。

「おい。お前、なんだその態度は？　俺は王都ギルドマスターだぞ。物言いに気をつけろ！」

しかし、相変わらず舐め腐ったようなフレッドの溜息が聞こえる。

『はあ……』

「おい！　聞いているのか!?」

『聞こえていますよ。デーモさん。でも、あなたはもうギルドマスターではない』

「はっ？　何を言っている？」

「クビだよ、あんた。それだけじゃない、お前は犯罪者だ』

「犯罪者だと？」

『そこに向かってるぜ。こわーい捜査官が。もちろん、心当たりはあるだろう？　オレへの圧力、おかしな武器や防具の転売。勇者印だっけ？』

「な、なんのこと……だ？」

『しかも転売された武器や防具はゴミだった。それを使ったために、肌が真っ赤に腫れ、手足や顔を包帯で隠さなきゃいけなかった冒険者の女の子がいる。その転売で、商売がうまくいかない店もあった。低価格の商品が品薄になっても、断固として勇者印の装備を売らなかったために、苦境に立たされた店だってある』

次々と指摘される武器転売などの悪事。

フレッドは低い声で、怒りを抑えながらデーモを責める。だが、デーモ自身はそんなことどうでもいいと考えている。

国民や冒険者が苦しもうと、大した問題ではないと。

重要なのは、フレッドが生きていて、デーモが行った悪事を知っていることだ。

それに、捜査官がやってくるとも言っている？

焦るデーモに対し、フレッドは畳みかける。

『さらにフィーグへの仕打ち。あんたもフィーグのことをボンクラと言っていたそうだな。エリゼ様は、とてもご立腹のご様子だった』

騎士の名前を出されて、デーモは背筋が凍る思いをした。しかも、その父親は公爵だ。

「ま、待て……一体何を伝えた？　きちんと説明するからお前からも話してくれ」

『そうそう、魔導爆弾の出所についても、エリゼ様がしっかり追及するそうだ。全員無事だぜ。あんたの送ったアクファ同盟も、巻き添えになりそうになった公爵も』

「何？　魔導爆弾が爆発していないのか？」

『へえ、やっぱりあんただったか。俺は魔導爆弾の存在すら知らなかったぜ。詳しそうだなあんた。

じゃあ、竜人の子が生まれる前に、たまごを爆弾にしたのも、お前か？』

フレッドの声は静かに震えていた。怒りを抑えながら話していることにデーモは気付かない。

「ぐっ……い、いや、そんなことはない……噂で聞いたんだ。そ、そうかそうか……無事で何よりだが……ど、どうやって助かったのだ？」

『フィーグが全て解決してくれた』

「なっ……？　フィ、フィーグだと？」

『ああ。全て丸く収まったよ。後は、あんたが知っていることを騎士に話したらいい。もっとも、公爵や騎士を巻き添えにしようとした罪は重い。あんた、家族は？』

「い、いないがそれがどうした？」

『そうか。あんただけが処刑台に送られるのなら、暗い気持ちにならなくて済むな。楽しい酒を飲めそうだ』

「なっ……！」

通信を切り、慌てて周囲を見渡し始めるデーモ。

もう全てが終わっている。

フィーグの口封じの依頼。取り扱いが禁止されている魔導爆弾の使用。

証拠隠滅のため、偶然居合わせたとはいえ、公爵や騎士、その他市民を巻き添えにしようとしたこと。

武器転売による装備屋の苦境や、皮膚が腫れるなどの被害を冒険者に与えたこと。

「クソが……フィーグ……アイツが……アイツのせいで！　いや、そもそも勇者アクファがアイツを追放したのがいけなかったのか？　そういえば勇者アクファは……最近まったく顔を見せないが……まさか逃げたのか？」

いくら他人を恨んだところで後の祭り。

もうデーモにとって挽回のチャンスはない。

周囲に散らばる書類。特に捜査官などに見られたらマズい書類を鞄に詰め始めるデーモ。滝のように流れる汗は留まることを知らない。

そんなデーモに訪問者があった。

バン！

突然、部屋のドアが開きズカズカと数人の騎士と捜査官や衛兵が入ってきた。

そこには、騎士エリゼの姿もある。

「王都冒険者ギルドマスター、デーモ。貴様を逮捕する！　貴様……よくも……よくも!!」

……騎士エリゼの瞳は憤怒に燃えていた。

「そんな……そんな……！」

これから何が行われるのか？

取り調べ……拷問？

デーモはただただ、震えるだけだった――。

閑話　リリアとアヤメ

フィーグが体調を整え、外出が許可された日の朝。

リリアはアヤメの部屋のベッドの上に座り、うーむと悩んでいる。

アヤメは、髪を梳かしながら腕を組んで考えるリリアに話しかけた。

「リリアさん？　どうしたの？」

「……やっぱりフィーグさんはすごいと思います」

「ああ、うん」

「私の暴走したスキルを整備し、魔改造して【剣聖：風神】【完全装備】を授けてくださいました」

「そうなの。S級冒険者をボコボコにしたって聞いたの」

「そうなんです！　戦いは圧倒的でした。これなら他のS級も、ひょっとしたらそれ以上も……」

「いいなぁ、リリアさん」

アヤメは、まだスキルの魔改造をされていないので素直に羨ましいと思った。

とはいえ兄妹だしいつでも診てもらえる、という余裕もある。

「……フィーグさんは、私の頑張りのおかげだと仰っていましたけど、もし私一人で魔改造されたスキルに辿り着くとしたら何百年かかったのか、見当がつきません」

「何百年……」

さすがエルフ、時間のスケールが違うと感心するアヤメ。

「でもきっと、フィーグさんは言うと思うんです。私の努力のおかげだって」

「確かに。いつもいつも、『みんなはすごい』って言ってて、お兄ちゃんは自分の頑張りを認めようとしないから」

「ふふっ……私もそう思っています。アヤメさん、やっぱりよく見ていらっしゃるんですね」

「そ、それは、妹として当然というか？　当たり前のことなの！」

アヤメは照れた様子でそっぽを向いて言った。頬が少し赤らんでいる。

なるほど、これが真のツンデレか……本で読んだのと少し違うなとリリアは思う。

「それで、です。男の人は、可愛い服を着た女の人が好きだと本に書いてありました」

「ま、まあそうだけど……本？」

「なので、できればアヤメさんにフィーグさん好みの服を選んで欲しいなって思って」

「えぇ？　あたしが？　リリアさんの？」

突然の提案に驚くアヤメ。

アヤメ自身、節約のため最近服を買っていない。

でも、流行のチェックは欠かさない。店の前で、あれがいいな、これがいいなと飾られている服を見るのが好きだった。

一緒に行くこと自体は、やぶさかでないものの……フィーグに気に入ってもらうためという動機が気になる。

アヤメは兄であるフィーグの一番は自分であって欲しいと願っていた。

そういう意味でリリアはライバルだ。素直に頼みを受けるわけにはいかない。

というものの、アヤメは兄フィーグに対する感情が、リリアと同じものなのかわからないでいた。

「フィーグさんのことをなんでも知っているアヤメさんなら、一番喜ばれるものを選んでくださると思って……」

「し、仕方ないわね。そこまで言うのなら、仕方ないの」

リリアの褒めるような言葉に、あっさりと引き受けてしまうアヤメ。

もっとも、リリアは狙って言ったわけでもない。心から思っていることを口にしただけだった。

◇◇◇

フィーグと待ち合わせの約束をし、街の服屋に出かけるリリアとアヤメ。

店の奥から出てきた店員の女の子はアヤメの知り合いだ。

彼女は、制服姿のアヤメを見て「いらっしゃいませ」と言いつつ、疑問を口にする。

「あらアヤメちゃん、魔法学園は？」

「あ、うん……この子の服を選んでから行こうと思って」

「あら、随分可愛い子ね。どんな服がいいの？」

「うーん、まずは、これかな？」

選んだのは、貴族の侍女用のユニフォーム。いわゆるメイド服だ。

早速試着室で着替えるリリア。

「ど、どうでしょうか？」

「う……似合う。ここまでメイド服が似合う人初めて見た」

「確かに。可愛いなあ」

店員の女の子とアヤメの感想に、リリアは「じゃ、じゃあこれにしますか？」と聞く。

しかし、アヤメはふるふると首を左右に振った。

「これもいいけど他にいいのがきっとあるの」

「っていうか……デート用にこれは違うんじゃ……」

そう言う店員の声はスルーされ、アヤメが選んだ服を次々に着ることになるリリア。

執事用の男装に始まり、肌の露出の多いドレスや、涼しげなワンピース……そしてなぜか水着にまで着替えることになる。

「すごい。スタイルのせいかしら？　なんでも似合うわねこの人」

店員の感嘆に顔を赤くするリリア。

「そ、そんな……恥ずかしいです」

「じゃ、次はこれね」

アヤメが手にしたのは、淡い緑色をベースにしたスカートにブラウス。清楚系のファッションだ。

「おおぉ、これは素晴らしいです。すごくいい感じです」

「ふふふ、そうでしょう。じゃあこれで決まりね」

「はい、ありがとうございます！　でも……」

今まで着ていた服はいったいなんだったのかしら？　リリアは疑問に思いつつも、アヤメが楽しそうにしているのを見て口にはしなかった。

アヤメとリリアは代金を支払い、店を後にする。

「じゃあ、このままリリアさんは新しい服を着てお兄ちゃんとの待ち合わせに行ってね。着替えた服は私が持って帰るから」

「はい、ありがとうございます！　アヤメさん、フィーグさんは喜んでくれますよね？」

「うん。大丈夫、自信持って。髪も編んであげたし……とても可愛い」

アヤメはうっとりしながら、エルフの美貌というのは神秘的な何かがあると思った。

リリアの可愛らしい姿を見ながら、ふと気になったことを聞いてみることにする。

「それで、リリアさんは、お兄ちゃんのことが好きなの？」

「えっと……」

うーん、と考え込むリリア。瞳が僅かに揺れ、潤む。そのまましばらく考えているようだった。

「あ、あの……リリアさん？」

「あっ……すみません……はい、大好きです。悩んでいた私に希望をくださいました。私を認めてくださって……それから……」

「男の人って意味で？」

「えぇっ」

途端に顔を真っ赤に染めるリリア。見えないけど、耳の先まで真っ赤なのだろう。

「どうかな?」

答えを促すアヤメ。

「……はい。男性としてお慕いしています。その、私の全部を捧げてもいいと思います。そ、そういう関係になりたいです」

「そっかぁ」

アヤメは、リリアが兄のことを恋愛対象として好きだったことに驚きはなかった。

そういえば二人の様子がおかしい朝もあった。アヤメは、思いを巡らす。リリアの言う全部を捧げるってなんだろう? それもリリアが参考にしているというハウツー本に書いてあったのかな? そういう関係?

アヤメはまだ、その意味を理解できないでいた。

「今日は本当にありがとうございました。アヤメさんにも、何かお礼ができたらいいのですが」

「うーん、そうね…………うぅん。お兄ちゃんのことよろしくね。じゃあ、私は魔法学園に行くから」

「あっ、はい! じゃあ、あの……ばいばい」

リリアは嬉しそうに手を振る。アヤメも同じように返す。

兄に会いに行くリリアの後ろ姿を見ながら、アヤメはその場を立ち去った。

二人の足取りは、どちらも軽やかで、楽しげだった。

ようやく俺は外出を許された。ただ、ゆっくりできなそうだ。

冒険者ギルドのフレッドさんが依頼を放り投げてきた。

武器防具を扱う装備屋に出向き、話を聞いてきて欲しいとのことだ。

『アクファ同盟の者たちが転売していた武器の件、そして装備屋の鍛冶職人が調子を崩してる件の調査をして欲しい。恐らくスキルに問題が発生している』

俺もリリアの装備が気になることもあり、依頼を受けた。何より、指定された装備屋は俺の幼馴染みの女の子の家が経営している。

困っているなら力になりたい。

リリアと二人でレベッカの装備屋に行く予定だったが、リリアは朝早くアヤメと一緒にどこかに出かけてしまった。

行き先は教えてくれず、街の中心にある噴水の前で待つように言われた。

そんなワケで、俺はキラナを神殿に送っていき、待ち合わせ時間まで待った
「フィーグさんっ、お待たせしましたか？」

待ち合わせ時間になると、俺を見つけたリリアがぱっと顔を明るくして駆け寄ってくる。

「いや、全然」

少し早めに待ち合わせ場所に着いた俺は顔見知りに会って話をしていたので、待ったという感覚がない。

「それで、フィーグさん？　あの……私……どうですか？」

「どうって……？」

リリアがもじもじして、何か聞きたそうにしている。

かと思えば……急に思い出したように付け加える。

「……か、感謝しなさい。あっ、あなたのために準備したんだからっ」

リリアは少し頬を赤く染めている。完璧すぎるツンデレだ。１００点をあげたい。俺が感心していると、催促するようにリリアが聞いてきた。

「あの……？」

もじもじしながら俺を見るリリア。ん？

周囲にいる人たちがリリアを見て「めっちゃ可愛い」と言っているのが聞こえる。

そういえば、リリアの雰囲気が朝と違う。

淡い緑色をベースにした清楚なブラウスだ。それにリリアのスカート姿って初めて見る。

今日は手足に包帯を巻いていない。

髪の毛も、編み込んでいて貴族のお嬢さんという感じだ。アヤメにしてもらったのか？

さて、この状況でリリアは何を求めているのか？

そういえばさっき、占いをやっているお婆さんのスキルを整備したとき、特技スキル【読心術】が

俺に保存されている。

これを使えば、リリアが考えていることがわかるかもしれない。

「スキル整備――」

俺は起動しようとして、中断する。

こういうときに使うのはどうにも、気が引けた。ダメな気がするのはなぜだろう？

俺はじっと彼女の顔を見つめた。

瞳がキラキラとしていて、何かを期待している様子だ。

頭の先からつまさきまで、視線を移動させる。服以外にも、髪型が違うし靴も違う。

もしかして……俺に喜んでもらいたいから？

俺のために、色々と準備をしてくれたのなら、純粋に嬉しいな。

そうだ。彼女が期待していたのは、俺の素直な感想なのだろう。

俺は思っていることを口に出して伝える。ちょっと照れくさい。

「うん、似合っているよ。とても可愛いと思う。服と、靴も、それに髪型も……全部いいね。何より、リリア自身が一番素敵だと思う」

「えっ、ええっ？」

リリアは俺に背を向けて座り込んでしまった。

あれ……？　間違っていたのか？　でも、本心でそう思ったんだし仕方ないよな。

ううむ。

やはりスキルを使ったほうが良かったのか？

耳を澄ますと、小さい声で「どうしたらいいんでしょう？」と聞こえた。一向に俺のほうを見てくれない。なんで？

「あ、あの。リリアさん？」

「う……うう～～初めて言われた～～」

少し心配になったけど、しばらくして振り返ったリリアは、顔がにやけるのが止まらない様子だ。

ご機嫌のリリアに、俺は胸を撫で下ろす。

「フィーグさん、ありがとうございますっ！」

満面の笑顔で、リリアは言った。彼女の様子を見て、俺も嬉しい。

「じゃあ、行こうか」

「はいっっ！」

すっかりツンデレとか忘れているけど、楽しそうでなによりだ。

並んで歩く俺たちに声をかける街の人がいる。

「フィーグ、デートかい？」

「いや、これは冒険者ギルドからの依頼で……」

「いいからいいから。頑張れよっ」

端から見るとデートに見えるのか？

仕事なんだけどな。

その割にリリアはずっとニコニコしているし、可愛く着飾っているから、勘違いされたのだろうか？

などと思いつつ、俺たちはギルドからの依頼をこなすため、幼馴染みがいる武器屋に向かうのであった。

第二章

"Saikyo no seibishi" Yakutatazu to iwareta
skill mente de ore wa subete wo,
"Makaizou"suru!

第十三話　幼馴染みの装備屋

イアーグの街にある武器防具屋の一つ。レベッカの装備屋。

俺はおめかしをしたリリアと一緒にやってきた。

「ごめんなさい……剣と鎧を持ってもらって」

俺はリリアが身につけていた剣と鎧が入った袋を担いでいた。

リリアは自分が持つと言ったけど、今着ている可愛らしい服に合わないので俺が持つことにしたのだ。

でも、重いなこれ。

リリアは軽々と身につけていたし、剣を振り回していたのに。さすが人間の上位種エルフだ。

装備屋に入ろうとしたとき、店内から出てきた女性と肩がぶつかる。

俺は袋を抱えたまま倒れそうになった。

「おっと！」

「あっ……申し訳ありません。大丈夫ですか？」

「あ、はい」

「では、失礼します」

ちょこんと挨拶をして去っていく女性。俺と同い年だろうか。

まったく動じず、感情の変化に乏しい女性に見えた。

一瞬触れたことで、俺のスキルが反応し勝手に診断を始めている。

『名前：エリシス・ブラント
　職種スキル：
【神官：傷回復《キュア》】　LV89
【神官：防衛聖域《ドーム》】　LV81
【神官：不死者退転《ターンアンデッド》】　LV34
【神官：殴打】　LV51
【神官：祝福《ブレス》】　LV71』

神官は聖女の下級職と言われている。

聖女は世界で数人という大変珍しい存在だ。ちなみに、勇者パーティには聖女職が一人いる。

立ち去っていく女性を俺とリリアが見つめる。その所作はとても綺麗で、元は貴族なのかもしれない。

清楚で可憐。

神官着を纏う姿はそんな言葉がぴったりだった。

ただ……一箇所を除いて。

「フィーグさん、先ほどの女性、変わった武器を持っていましたね？」

「うん……あれは木製の棍棒に釘を打ち付け、攻撃力を増した『釘バット』だ」

正式には、釘棍棒《スパイクメイス》と言うのだけど、あれは釘バットと言ったほうがしっくりくる。

「釘バット？」

「うん。釘バット」

アレで殴られたら痛そうだな。

「こんにちは。久しぶり、レベッカ」

「わあ……フィーグっ。ほんと久しぶりね！」

挨拶をした瞬間、装備屋で店番をしていた幼馴染みが俺に抱きついてくる。

会うたびに、こうやって抱きついてくるのは昔と変わらない。

「お、おう、ギルドに依頼を出していたようだけど、どうかしたのか？」

「うん、来てくれてありがとう……あのね……店が……おじいちゃんが……」

そう言って、レベッカは目を伏せた。赤く腫らした目にじわりと涙が浮かんでいる。

「おい、大丈夫か？」

「うん……来てくれてありがとう」

涙を拭い、レベッカは笑顔を作った。

「もう、王都に行ったっきり全然顔を出さないんだから」

「ごめんごめん。色々あってね」

「まあ、いいけど。で、そっちの可愛らしいお嬢さんは……？」

「ああ、俺と一緒にパーティを組んでいるリリアだ」

エルフなんだけど、敢えて言う必要もないだろう。

「ふうん、パーティねぇ。フィーグって、こういう子が好みなんだ？」

「なんの話だよ？」

「ふふっ。焦ってるところ、前と変わらないね」

レベッカは少し頬を膨らませつつ、俺の腕に絡みついたまま抗議するように言った。

少し元気が戻ったようだ。

それにしても、子供の頃と同じような距離の近さだが、もうお互い成長してるんだし少しは気にして欲しい。

ふと見ると、リリアも頬を膨らませ始めている……えっ？

ともあれ、いつまでもレベッカのペースに付き合うわけにいかないので、レベッカを引き剥がし、本題を切り出す。

「まず、これを見て欲しいんだけど」

リリアの身につけていた武器と鎧をテーブルの上に並べる。すると、途端にレベッカの目つきが険しくなった。

商売柄、この手の装備が気になるのだろう。

俺は簡単に経緯を説明する。

リリアが身につけたら、皮膚が腫れたり出血したこと。王都に大量に出回っているらしいこと。

この街でも増えているかもしれないこと。

「んー。なるほどね。でも、これをリリアさんが？　ウソでしょ？」

「間違いないよ。あんな細い腕や足なのに」

「フィーグ、目つきがいやらしい」

そういう目でリリアを見たつもりはないのだが？

「い、いや、間違いなく彼女は装備して使いこなしていた」

こんなに華奢なのに、重い剣を振り回し、鎧を身につけて素早く動くリリア。俺も、目の前のリリアを見てもピンとこない。

リリアは俺たちの視線にきょとんとしている。

「信じられないけど、フィーグが言うならそうなんでしょうね。なるほどね、これが噂の勇者印の装備か。前見た物とだいたい同じだけど……これ、だめよ」

「だめ？」

「うん。ダメダメ」

レベッカは両手をひらひらとさせて、呆れたような口ぶりで言う。

「何か知っているのか？」

「少し前ね、比較的安い装備が何者かに買い占められたことがあったの。それで、品薄になってね」

少しフレッドさんから話を聞いていたが、間違いないようだ。

「今も装備品は品薄なのか？」

「うん……だから、うちでも作ろうとしたんだけど、おじいちゃんの調子が超悪くて。新作が作れないから……あまりお客さんが来なくなってて」

また少し暗い顔になるレベッカ。

だいたい、問題というのは同時に起こるものだ。

「そんなに影響があるのか」

「そうね。少し前に勇者印の装備品を置かないかと売り込んでくる人がいたけど断ったせいもあるの。価格の割に品質も良くなくて。そんなの売れないよ」

レベッカは弱々しく訴え、両手で顔を覆った。

俺は子供の頃、いつもしていたように、レベッカの頭にぽんぽんと撫でるように手を触れる。

すると、レベッカはハッとしたような表情をして顔を上げる。

「も、もう……リリアさんもいるんだし恥ずかしいから……」

「わ、わかった」

言葉の割に、レベッカは俺の手を避けようとしないし、口元がふにゃっと緩んでいる。

ん？　俺とレベッカのやりとりを見ていたリリアから、焼け付くような視線を感じる。

「フィーグさん……むむむ。親しそうに……いいなぁ」

と、とりあえず話を進めよう。強い圧を感じつつレベッカを見ると、鑑定のスキルを起動しようとしていた。

「じゃあ、フィーグ、これ鑑定するね」

「ちょっとその前に、手を貸して？」

俺はレベッカに触れ、スキル整備を起動した。レベッカの口から吐息が漏れる。

「う、うん？　んっ……あんっ？」

『名前：レベッカ・ラウ
職種スキル：
【商人：鍛冶】ＬＶ10
【商人：鑑定】ＬＶ17：《【注意】：暴走間近》
【商人：仮装備】ＬＶ18』
スキル【鑑定】が危ないので、整備しておこう。
もしかしたら魔改造もできるのかもしれない。試してみよう。

《スキル【鑑定】をフィーグ自身の【スキルメンテ：診断】の「対象を調べる性質」を用いて魔改造した結果、スキル【心眼】に超進化しました》
おおっ！
俺のスキルで魔改造が行われたようだ。
レベッカに【心眼】を上書きする。

「んっ……んっ⁉　ちょっ……待って……」

上書きしたら突然、レベッカの頬が赤く染まり、息づかいが荒くなりフラフラし始めた。足をくねらせている。

大丈夫だろうか。

『名前：レベッカ・ラウ
戦闘スキル：(なし)
特技スキル：
商人：鍛冶　LV10
商人：心眼　LV17：《絶好調》←NEW‼
商人：仮装備　LV18』

「私の【鑑定】が【心眼】になっている……フィーグの力なの？」

「スキルが強化されたのは、レベッカが今まで頑張ってきたからだと思う。このお店をずっと手伝ってきたんだろ？」

「う、うん……」

「スキルはどう？」

「えっとね、もしかしてこのスキルって、前よりいろんなことがわかるのかな？　この勇者印の装備は私の勘だと、超ろくでもない物だけど、鑑定してみるね」

レベッカはリリアの装備に目をやった。スキル【心眼】を起動したようだ。

鑑定スキルを使うとき、術者の瞳の色が変化する。

俺は子供の頃から、鑑定するときの瞳がとても綺麗だと思っていた。

普段は深い青色が、燃えるような赤色に変化するのだ。

しかし、レベッカがスキル【心眼】を起動すると、彼女の瞳は虹のような七色へ変化した。

とても神秘的な、引き込まれるような虹色に。

「す、すごい。フィーグっ！　このスキル【心眼】……素晴らしいわ！」

レベッカがぱあっと笑顔になった。

鑑定した装備の情報が、心眼にありありと映っているようだ。

レベッカは感激した様子で言った。

「でも、やっぱだめだよ、これ。リリアさんよくこれ装備して戦えたね？」

「どういうこと？」

「体に触れると良くない金属が塗料に含まれている。肌が強い人はいいけど、弱い人は腫れても仕方ないわ。見た目を良くするためだけにこんなものを……」

装備名：勇者印の鎧
エンチャント：マイナススキル【毒性】（表面の塗料のため、肌が弱い者が長時間触れると、肌の

異常、腫れや出血を引き起こす。防御力マイナス10％）
品質：低

「マイナススキル……そんなものがあるのか？」

「うん、私にはそう見える。こんなものを売っているなんて、信じられない」

強い装備だと勘違いして購入し、戦いに挑んだらどうなる？　最悪、命を落とす可能性だってある。

「やっぱりこんなもの……加工して転売したものなんてウチに置かなくて良かった」

「真面目に正直に商売をやってたんだな。レベッカはすごいよ」

「そ、そうかな？　普通にしてただけだけど」

急にレベッカはしおらしく、頬を染めたが、すぐに顔を上げ俺を見つめる。

「でも、このスキルすごいよ。なんでもわかるの！　フィーグ……ありがとうね」

「元々レベッカのスキルだ。それをちょっといじっただけ」

「ううん……私ね、装備屋なのに品揃えが悪くなって……お客さんが来なくなっててどうしようかって思ってたの。でもね、このスキルがあれば、新しく鑑定屋だってできるよ。良いものと悪いものを詳しく、区別できる」

涙目になって俺を見上げるレベッカ。

俺が思ってた以上に辛い目に遭っていたのかもしれないな。

「リリアさんの鎧だけど、加工も良くない。雑な仕事すぎるわ。こんなのおじいちゃんが見たらなんて言うか」

「そういえば、おじいさんの話も聞いてみたいな」

「そうね……うん、わかった」

レベッカは再び少し目を伏せつつ、俺たちを店の奥にある工房に案内してくれた。

どうやらじいさんは、装備の製作で急に失敗することが多くなったらしい。

それでも無理しながら作業していたら、火花が飛び散り火事になりかけたこともあるという。

「冒険者ギルドや神殿で診てもらおうと言っても、おじいちゃん聞かなくって」

「レベッカのじいさん、頑固なところがあったからな」

「ふふっ。前ね、フィーグと一緒に工房に忍び込んだこと覚えてる？」

ああ、覚えている。

じいさんに見つかって滅茶苦茶怒られたのはいい思い出だ。レベッカと懐かしい話題に花が咲いた。

だけど、再び冷たい視線を感じ振り向く。

そこには、ジト目で俺たちを見るリリアがいる。

「あの、リリア？　どうしてそんなに頬が膨れてるんだ？」

「いいえ。なんでもありませんがっ」

そう言ってぷいっと視線を逸らすリリア。

「リリアさんって……ツンデレなの？」

一方のレベッカは得意げな顔をしている。

鍛冶をしているわけでもないのに、リリアとレベッカの間に火花が飛び散っているのが見えたような気がする。

そんな様子にどうしようかと思っていると、俺のスキル【整備】が何か言っている。

《心眼の状態をより詳しく鑑定する性質を用いて、【スキルメンテ：診断】を魔改造することが可能です。魔改造しますか？》

ん？　魔改造か。もちろんＯＫだ。

《成功しました。【スキルメンテ：診断】は、対象の状態《ステータス》を診断できるようになりました》

状態？

なんだろうそれは？

ちょうどいい。レベッカで試してみよう。

『名前：レベッカ・ラウ
状態スキル：
　身体：正常
　←【詳細】
　生死：生
精神：正常』

おっ。状態スキル：身体の【詳細】が見られるようになっている。

早速詳細を見てみよう。

『名前：レベッカ・ラウ
状態スキル：
　身体詳細：
　　年齢　16歳
　　身長　159センチ
　　体重　49キロ
　　BWH　88：59：80　Eカップ』

こ、これは……。体重やスリーサイズまで見える。

いや、なんだか悪いことをしてるような気分になってきた。俺は頭を横に振り、記憶を追い払う。

「フィーグ？　どうしたの？」

「いや、なんでもない！」

俺は目を逸らし、空中に視線を漂わせた。

◇◇◇

工房についた。いつもはじいさんが鉄を叩く音がするのだけど、今日は静かだ。

「お、おじいちゃん……フィーグが来てくれたの」

「こんにちは。お久しぶりです」

「あぁ？　フィーグだと？　悪ガキめ、何しに来た⁉　年長者の話を聞けないこの馬鹿者が！」

工房に入るなり、罵倒された俺。こんな悪態をつくような人ではなかったはずだが。

「さっきの女もそうだ。なーにが、棍棒に釘を打ち付けてくれるだけでいいだ！　ワシを舐めやがって」

随分と機嫌が悪い。出直したほうがいいのか？

実際、声に張りがない。前はデカい雷を落とされたような記憶がある。

「まあ、まあ……おじいちゃん、落ち着いて。完成まで随分待っていただいたのだから」

「うるさい！　いつもの儂なら……ぶつぶつ」

「もう……」

やはり不調を感じているようだ。

レベッカの辛そうな表情は、じいさんの不調と、こうやってキツく当たってくることが原因なのだろう。

前はこんなにしょっちゅう怒鳴る人じゃなかった。

普段は愛想良く、俺とお茶を一緒に飲みつつも楽しそうに武器や防具の話をしてくれた。

伝説の聖剣や魔剣を作ろうとしていたとか、そういう楽しい話を。

頑固なところはあったけど気のいいじいさんだった。それが……今は顔をしかめ、俺を睨みつけてくる。

敵意を周囲に向け、不要な対立を生んでいる。

「ふん、どいつもコイツも、馬鹿にしやがって。歳上の者に対する礼がなっとらん！」

ストレスで性格も変わってしまったのだろうか？　もしかしたら、スキルの不調が影響している？

スキルの暴走が、性格も変えてしまうのか？

もしスキルの不調があるなら、俺が解決できるかもしれない。

俺は、じいさんに近づき、スキル整備のために触れようとした。

「まあまあ、色々言いたいことはあると思うけど。ちょっと触れさせてもらえればすぐ治っ――」

「フィーグ！　たかだか16やそこらの小童《こわっぱ》が。儂に何するつもりだ！　ええい、離れろ!!」

だめだ。とりつく島もない。

そういえばじいさんも鑑定スキルを持っていたはず。

久しぶりなのに俺の年齢を正しく言ったのは、鑑定スキルのおかげかもしれない。

さてどうしようか。このままではらちが明かない。

「フィーグ、ごめん。今日は無理みたい。また機嫌のいいときに来てもらえないかしら」

彼女の言葉尻を捉え、またじいさんが怒鳴る。

「ワシが機嫌悪いだと？　黙れ黙れ黙れ！　どいつもこいつも……勝手に儂を悪者にしやがって!!

若輩者が指図するな！」

「おじいちゃん……うぅ……」

レベッカが涙目になってうつむく。この様子ではいつ来ても同じだ。

俺は、レベッカの頭をぽんぽんと撫でる。

「上手く製作ができないのはスキルの不調かもしれない。一度、スキル診断してみたい」

「う、うん……でも」

レベッカは深く溜息をついた。四六時中こんな様子なら、本人はもちろん肉親でも心が参ってしまうだろう。

リリアも心配そうな面持ちだ。

「ん？」

リリアの顔を見て、ふと思いついたことがあった。

「フィーグさん？　どうしました？」

俺は、こそこそとリリアに耳打ちする。するとリリアは目を丸くし、俺を見返してきた。

「えっ？　私がこの方に？　命令するんですか？」

「うん」

「わ、私でも平気でしょうか？　すごく機嫌悪いみたいですし、初対面ですし」

「いいから。きっと大丈夫だよ」

「わかりました。フィーグさんが仰るなら」

おずおずとゆっくりじいさんに近づくリリア。

すると、すぐにじいさんはリリアを睨み厳しい言葉をぶつける。

「ふん、工房にそんなひらひらした格好して来やがって。これだから小娘《ガキ》は。今すぐここを出ていけ!!」

「あの、おじいさん、私の話を聞いていただけませんか?」

「ふん。出ていけと言ったのがわからないのか? この――」

じいさんはスキルを使ってリリアを鑑定し始める。

これで、恐らく俺の計画通りになると思う。念のため俺もリリアを診断してみよう。

『名前：リリア
状態スキル：
身体スキル詳細：
　年齢　160歳……』

リリアを鑑定したじいさんは、ガタガタと体を震わせ、目を丸くして慌て始めた。

後ろに数歩後ずさる。

「ひゃひゃひゃ、一六〇歳?? ワシより歳上だと?」

じいさんは年齢に驚いている。俺も診断の続きを確認する。

『名前：リリア
状態スキル：
身体スキル詳細：
　年齢　160歳
　身長　154センチ
　体重　15キロ
　BWH　83：57：74』

体重欄に目が釘付けになる。軽すぎないか？

確かにエルフは、雪の上を歩いても沈まないとおとぎ話に記してあったような気がする。

それはともかく、年齢が一六〇歳。

リリアは見た目も中身も一六歳くらいにしか感じられない。その十倍だ。

「本当に……ひゃひゃひゃひゃひゃ一六〇歳⁉」

「なあ、じいさん、年長者の話を聞くんだろう？　じいさんが言っていたよな？」

「ぐ、ぐぬぬぬぬぬぬぬ。こんな子供が……歳上……？　納得できん……一六〇……歳？」

いまだに信じられない様子だ。

じいさんの瞳が赤く光っている。鑑定スキルを何度も起動しているのだろう。

何度やっても結果は同じ。あえて、エルフということは黙っておこう。

じいさんの変貌ぶりにリリアはちょこんと首をかしげている。

「あ、あの、どうかされましたか？」

じいさんはわなわなと震えながら、観念したようだ。

「……わ、わかった。リリアさん、な、なんでも言ってくれ……ください」

自分の二倍以上の年齢の人物を前に、じいさんは妙にしおらしくなってしまった。腰を低くしている。

年齢マウントにカウンターを返されたのだ。

「は、はあ……じゃあ、フィーグさんの言う通りにしていただければ」

「わ、わかりました」

すっかり小さく、丸くなったじいさん。敬語まで使っていて、ちょっと面白い。

許可も得たことだし俺は遠慮なくじいさんに触れ、スキルを確認した。

『名前：マックス・ラウ
職種スキル：
【鍛冶】　ＬＶ89：《【警告！】：暴走状態》
【全鑑定】ＬＶ70
【仮装備】ＬＶ49

状態スキル：
身体：正常
←【詳細】
生死：生
精神：苛立ち
心配症』

やはりスキルが暴走している。

随分無理をしたのだろうか。

材料が不足していたというし、失敗できないというプレッシャーもあったのかもしれない。

でも、最近スキルが暴走している人が妙に多い。本来、こんなに暴走なんかしないものなのに。

俺はスキルメンテを起動する。魔改造も試してみよう。

《スキル【鍛冶】の整備完了。【鍛冶】は【心眼】のスキルと、マックス本人の資質により【特殊能力付与《エンチャント》製錬】に魔改造されました》

じいさんの沈んでいた瞳に光が宿る。

そして自らのスキルの変化を感じ取り、顔に驚きとも歓喜とも取れるような表情が浮かぶ。

「ぬおおおおっ。フィ、フィーグ！　これはなんぞ？」

「俺のスキル【魔改造】だよ。今まで通り、武器や防具が作れるようになったと思うし、武器にスキルを付与できるようになったと思う」

「……な、なななななんと……ッ……特殊能力付与じゃとぉ？」

声がうわずっていたじいさんは、いてもたってもいられない様子で金槌を手に取り、金属を打ち始める。

いつものキン、キンという音が工房に響く。この音、懐かしいな。力強く頼もしい音だ。

しばらく金属を打ち続け、うんうんと頷いている。その出来に納得したようだ。

振り返って、俺を見てまたうんうんと頷いている。

「フィーグ、さっきは声を荒らげて悪かったな。これは……大変な力だ。フィーグのおかげだな」

「いや、じいさんの力さ。そのスキルですごい武器を作ってもらえると嬉しい」

「あぁ……ああ！　詫びの代わりというわけではないが、儂がいくらでも武器を鍛えてやる。いつでも頼ってくれ!!」

「じゃあ、俺の短剣とリリアの武器防具を鍛え直してくれないかな？　溶かして作り替えてもいいけど、できそう？」

「フン、誰に言っている？　もちろんだ！」

俺の愚問に、嬉しそうに答えるじいさん。

少し思案してじいさんは続ける。

「納期は……そうだな、明日一日やって明後日にはできるだろう」

随分早くできるんだな。

俺たちの様子を見てレベッカにも笑顔が戻った。

「おじいちゃん！　よかった……！　じゃあ、材料は私がなんとかするから。フィーグに貰ったスキルを使うわ！」

じいさんが俺に手を差し出してきた。瞳が潤んでいる。

「世話になったな、フィーグ。しかし【能力付与製錬】とは。このスキルを持つ鍛冶屋は、この国でもほとんどおらんという話だ。儂も努力したが、なかなか身につかなくてなァ」

「じいさん、泣いてる？」

俺の言葉に、顔を背け涙を拭うじいさん。

「泣いてなんかないわい。雨だ」

「……そうだね」

元々じいさんは頑張ってきたんだ。魔改造のときにスキルが本人の資質と言ったのはそういうことなのだろう。

振り返ったじいさんが口元を緩めて俺を見つめた。

「こんなスキルを使うとは……フィーグはすごい成長をしたな。もう子供扱いはできんよなぁ」

「ううん、じいさんに比べたら俺なんかまだ子供だよ」

「なかなかモノを言うようになったではないか」

驚きつつも、じいさんは嬉しそうに口元を緩める。

じいさんの表情は柔らかく、力に溢れている。

「……で、フィーグよ。お前恋人はいるのか？」

「へぁっ？」

変な声が出た。

「もしいないのなら、レベッカは馴染みじゃろう？　どうだ？」

「な、何言っているの！　おじいちゃん！」

レベッカが慌ててじいさんにツッコんだ。

「ど、どうって言われても」

「だいたいレベッカは、有力商人や貴族から誘われることもあるんだがなかなか決めなくてなぁ。フィーグを悪く思ってないようだし、儂はフィーグなら許すぞ？」

「おじいちゃん！　もう……。じゃ、じゃあフィーグ、リリアさん、武器は預かっておくから、また来てね！」

真っ赤な顔をしているレベッカだったが、憑きものが落ちたように明るい表情をしている。

その明るいままの表情で、俺たちは工房の外に追い出されてしまった。なんだよ急に？

「なんかバタバタしちゃったな……。でもうまくいきそうだし、武器も新調できそうだ。リリア、帰ろうか？」

「はい！」

きっと、あの二人は良い装備を作ってくれる。すごく楽しみだ。

俺たちの背後から、じいさんを応援するレベッカの楽しそうな声と、軽快な金属音が賑やかに聞こえてきた。

二日後、昼過ぎ。新しい装備を早く見たいと思い、待ちきれなくなった俺は、レベッカの装備屋に向かった。

工房のほうにレベッカと向かうと、じいさんが出迎えてくれる。

「おお。フィーグ、来たか……魔改造してもらったスキルだが、コイツはすごいな。【能力付与】だぞ！　【能力付与】！　腕が鳴ってしょうがないわ！」

「昨日からずっとこんな調子なのよね。もう何回もエンチャントォ!!　って、言ってるの！」

呆れた様子のレベッカだけど、口元が緩んでいる。心配事がなくなったのだろう。一昨日と違い、とても晴れやかな笑顔だ。

幼いときの屈託のない、俺が好きな笑顔だ。

それにしても。

レベッカも変わったが、じいさんも、とてつもなく変わってしまった。

フレッドさんほどではないにしろ、筋肉がもりもりっとしていて、体が一回り大きくなったように見える。

一〇歳くらい若返っていて顔つきも凄腕の職人って感じだ。ずっと金属を打ち続けているのか、煤《すす》まみれになっている。

「それで、装備はどうなりました？」

「フィーグ、すまんな。つい興に乗ってしまってな。まだできてないんだ。また明日にでも来てくれんか？」

「俺も手伝います」

《【特殊能力付与製錬】ＬＶ99起動》

待ちきれない俺は、じいさんからスキルを複製し起動する。

「うん？　フィーグに鍛冶ができるわけがないだろう？」

俺は予備の道具を見つけ、作業を始めた。もう何年もしていたかのように、思い通りに武器を鍛え始める。

じいさんが目を丸くしつつも、厳しい目つきになり俺の隣に並んだ。

「クソッ。ワシよりも上手に工具を扱いよるか。負けてられんな」

じいさんは俺と張り合うように作業を始める。二人で競うように装備の鍛錬を進めたのだった。

俺についてきたリリアがレベッカと話をしている。

「レベッカさん、ニコニコされて、嬉しそう」

「うん……おじいちゃんとフィーグが並んで仕事をしているのが嬉しくって」

「そうなんですね。二人とも楽しそうですね」

「うん！　見ているだけで幸せになるわ。ずっと……続けばいいのに」

「レベッカさんは……フィーグさんのこと、好きなんですか？」

「なっ……本人の前で……言えるわけないじゃない。というか、リリアさんも……ちょっと、別室に来てください」

「えぇぇ」

何かリリアの驚きの声が聞こえたような気がするが……俺は作業に集中する。

しばらくして、俺たちは汗だくになりながら一通りの武器の鍛錬を完了させたのだった。


リリアの剣は、溶かして体に悪い物質は取り除いている。

形状は前より細身にして、振り回しやすいようにした。

そして能力付与だ。

エンチャントについては【魔改造】と同じように狙って特定の能力を付与することはできない。

完成した後で鑑定することで、どんな能力が宿ったのかようやくわかるのだ。

いつの間にか戻ってきていたレベッカが口を開く。

「能力付与って、まるでガチャみたいだね。んーっと……これはSSRエンチャントね！」

ガチャ？　SSR？

話を聞いたところ、魔法を使ったゲームがあるそうで、その中での用語らしい。

『武器名：ハンティングソード
エンチャント：スキル【報復者《フラガラッハ》】。戦闘中、一回のみ使用可能。休憩後、次の戦闘から使用可能となる』

【報復者】とは、あらゆるものを切り裂く能力らしい。なかなか強力なエンチャントが付与されている。

たとえ鎧だろうと岩だろうと空間ごと切り裂くらしい。リリアらしくない、物騒なスキル名だな。

次は俺の武器だ。

「これはSRエンチャントかな?」

SR……少し落ちるってことか。

『武器名：短剣《ダガー》
エンチャント：スキル【応答者《アンサラー》】常時起動』

このエンチャントは、短剣を投げると敵に突き刺さりダメージを与えた後、自動的に手元に戻ってくる能力だ。

もっとも、短剣によるダメージは急所に当たらない限りは大したことはない。

最後にリリアの鎧だが、レベッカからの提案を採用することにした。

「実は、リリアさんに合いそうな鎧を昨日見つけたの。今の金属鎧《プレートメイル》じゃなくて、革鎧《レザーアーマー》ではあるのだけど、リリアさんにはこれが合うと思う」

「防御力は落ちるけど、その分身軽にはなれそうだね。剣聖のスキルもあるし、敵の攻撃を避けられるならそのほうがいいのかも？」

「はい。私もそう思います」

その鎧の錬成時、じいさんはやけに力が入っていた。

「この御方は年長者だからな……儂も本気でやらんとな」

まあ、口ではそう言っているが、こと装備の鍛錬に関しては常に本気で取り組んでいる。

『防具名：オシャレな装飾付きレザーアーマー
エンチャントスキル：【探索者《サーチャー》】一日一回使用可能』

【探索者】とはモノ探しの能力のようだ。

リリアが早速試着する。今日は可愛い服ではなく、身軽な格好で、腕と足に包帯を巻いている。

「おじいさん、すごく軽くて動きやすいです！」

じいさんは「ワシより年長者におじいさん呼ばわりされてもな」と不満げだが、顔はしっかりデレている。自分の仕事が褒められて嬉しそうだ。

「ほっほっほ。儂の二倍以上生きている人に言われるとは、鼻高々だな」

「リリアさん似合うし可愛い……ぎゅっとしていいかな？」

レベッカも上機嫌で、大当たりと喜んでいる。

俺たちは大満足の装備を揃えることができたのだった。

そして。

レベッカの店は徐々に材料が集まり始め、次第に客足が戻るようになる。

じいさんはまだまだこれからだと、一六〇歳になるまでは鍛冶を続けるつもりだと鼻息を荒くしている。

確かに今のじいさんなら、それくらいやりそうだ。


後日、レベッカの装備屋を訪ねたときのこと。

店は多くのお客さんで賑わい、武器や防具の品揃えも充実している。

「フィーグっ!!」

レベッカは俺の顔を見るとすぐに抱きついてきた。前より密着度が高い。

あ、あの、レベッカさん？　もう子供の頃と違うんで色々当たってるんですけど？

いや、もしかしてこれ当ててんのよってやつ？

俺の気も知らないで、レベッカは何事もないように言う。

「おじいちゃんがいつでも武器のことで困ったら来てくれって！　本当にありがとう。おじいちゃんが信じられないくらい元気になって仕事をしているの。フィーグのおかげね」

「いや、元々レベッカやじいさんの頑張りのおかげだよ」

「そうかな？　フィーグってさ、いつもそういう風に言うね……そこが好きなんだけど……」

「えっ？」

「ううん、なんでもない。それで……店もこんなに繁盛して……あのね」

もじもじしていたレベッカが、意を決したように話し始める。

「あのね、今すぐじゃなくても……フィーグ、落ち着いたら店の後継者になってくれないかっておじいちゃんが言うの。前一緒に武器を作ったとき、楽しかったみたいで……私も賛成だし、どうかな？」

「えっ、継ぐ？　俺が？」

「うん……どう？」

顔を赤く染めて俺にさらに胸をくっつけてくるレベッカ。

「と、とりあず、考えさせて？」

「うん。ゆっくりでいいからね……あっ、戻らなきゃ。フィーグ、考えておいてね！」

装備屋のお客さんがレベッカを呼んでいるらしい。店の中は、沢山の人がいて繁盛しているようだ。

仕事に戻っていくレベッカを見送って俺は考え始める。

うーん、まだまだピンとこないな。冒険者を引退した後ならあり得るのかな……？

随分先のことだけど追々考えていくことにしよう。

◇◇◇

それから……。

レベッカが切り盛りする装備屋の噂を、あちこちで耳にするようになる。

安い物はそれなりに、高価な物は値段以上の性能を発揮する、あらゆる冒険者に最適なお店。

女性向けの可愛い装備品を売るオシャレなお店。

虹色の鑑定眼を持つ、美人の店員がいるお店。

特殊能力付与ができる、ちょっと頑固な職人のいるお店。

そして何より、悪質な転売商品が市場を席巻したときも、苦境に陥っても、質の悪いものには決して手を出さなかった誠実なお店。

装備にこだわりがある者は口を揃えて言う。

「じゃあ、レベッカの装備屋に行っとけば間違いないさ」

噂が噂を呼び、レベッカの装備屋は客が途絶えない。

やがて王都に支店を出すほどになり、王国随一の繁盛を見せる装備屋となっていくのだった。

第十四話　暴走

数人の騎士と捜査官、さらに衛兵たちが王都ギルド本部にやってきた。

その日、オレは全てを奪われたのだ。

「全てフィーグのせいだ。アイツのせいで、オレはこんな目に」

どうしてもボヤいてしまう。

薄暗い石づくりの冷たい部屋。鉄の棒が綺麗に並んでいて、廊下と繋がっている。ここは常に監視の目がある。

カビと、かすかな腐臭が漂うこの牢獄にオレ、元王都ギルマス・デーモは捕らえられていた。

あの日から、何日経ったのだろう。

最初の十日までは数えていた。しかし……今は記憶も途切れることがあり、無理だ。

尋問と拷問と食事、そして眠るだけの日々。

近くの牢屋には、アクファ同盟の面々がいるのだが、オレよりマシな待遇のようだ。奴らには強制労働などの罰が与えられるかもしれない。いつ終わるかは別としても、生きていられる。

一方オレは、度重なる拷問による痛みで、夜も眠ることができない。

もっとも、陽の光など何日も見ていないので、もう今がどの時間帯なのかわからなくなっていた。

「デーモ、尋問の時間だ」

看守がそう言って牢の鍵を開け、オレを床に繋いでいる足かせを外した。

牢屋の中では、俺は歩き回ることもできない。

そして、永遠に続くような尋問が始まる。

「それで、あの魔導爆弾はどこで手に入れた？」

拷問官が、鞭でオレの背を打ちながら尋問する。

ビシッ、ビシッ。鞭がオレの背中を打つ度に、熱く引き裂かれるような激痛が襲ってくる。背中はミミズ腫れで酷い有様だろう。

やめろ……やめてくれ！　いくら言ったところで、尋問は終わらない。

意識が途切れそうになると、水を顔にかけられ強引に戻される。

それをひたすら繰り返すのだ。

「だから……わからないんだ。いつの間にか、手にしていて、気がついたらアイツら、アクファ同盟に渡していたんだ」

「そんな言い訳が通用すると思っているのか？　あの魔導爆弾は、王国を危機にさらす危険なものだ。エリゼ殿より、必ず聞き出せとの命を受けている。さあ言え！　誰から受け取った!?」

「だから……記憶がないんだ……」

「じゃあ、なんで使い方を知っていた？　アクファ同盟のやつらごと消そうと、わざわざ起動の呪文を教えていたではないか！」

覚えていないのは事実だ。魔導爆弾をくれたのは誰か、いつの間にか思い出せなくなっている。記憶は黒いもやの向こうにあるようだ。そう、何かの呪いにかかったように。

捕まる前は覚えていたような気がする。魔導爆弾のことを語り合ったような気もするが、それが誰だか思い出せない。

度重なる拷問の痛みと混乱で狂いそうになる……が、それさえ許されず、精神を蝕んでいく。

「拷問を楽しむやつほど厄介な奴はいない。奴らは人間の限界を知りつくし、そのギリギリまで精神を追い込むからな。奴らは決して、対象を殺さない。なぜなら、楽しむ時間が減るからだ」

噂は本当だった。

永遠にも感じるほどの長い時間、俺は肉体的な痛みを受け続ける。

気が付くと、手足が枷に繋がれた状態で牢屋に寝かされていた。

どうやら拷問は終わったらしい。気を失って終わったことなど一度もないのだが、今日は特別だったようだ。

「へっ、お前……生きてたのか」

口の悪い看守が、オレに哀れみの目を向けてくる。

「あ……ああ……そのようだな」

「いくら水ぶっかけても起きないから、拷問官は意識が戻ると考えていないようだったぜ？」

お優しいことだ。

そう思った瞬間、突然頭がクリアになった。

まさか？　記憶が蘇った？

不鮮明なヴェールに包まれた映像が、今ハッキリと頭の中に思い浮かぶ。

俺が黒い禍々しい丸い塊——魔導爆弾を受け取ったときのこと。

まるで、たまごのような黒いものを、オレは確かに彼から受け取った。

そうだ——。

俺に魔導爆弾を渡してきたのはアイツ、勇者アクファだ。やっと思い出した。

このことを早く看守に伝えなくては。オレがそう思い、看守に声をかけようとしたとき。

ガシャン。鉄の扉が開く大きな音がした。

「勇者アクファ様、手短にお願いします」

「ああ、わかった」

キイ、と錆び付いた牢屋のドアが開き、そいつが入ってきた。

勇者アクファ。オレを破滅に追い込んだ男。

オレには床から起き上がる気力がない。見下し蔑んだ目で、勇者アクファはオレを見る。

「いいザマだな、デーモよ。大変だったなぁ」

「勇者アクファ……あんたがフィーグを追放したはずなのに、どうしてオレがやったことになってるんだ？　しかも魔導爆弾を俺に——」

オレの言葉を遮るように勇者アクファがまくし立てる。

「はて？　なんのことやら。お前がやったことだろう？　だいたい、お前が捕まったせいで、あのエリゼという騎士がギルドの改革を始めやがった。そのおかげで俺サマは収入が減ってしまったんだが？　俺サマの印を付けた装備品も、全部田舎町に送られて精錬し直しているって話じゃないか。もう間抜けな女を騙して抱けなくなってしまった。どうしてくれるんだ？」

「……お前……オレを陥れておきながら何を言っているんだ？」

「フン。俺サマをお前呼ばわりか……。まあいいさ、変に思い出されても面倒だしな」

勇者アクファの瞳が妖しく光る。

「スキル【勇者：祝福《ブレス》】、起動」

勇者アクファの身体から、黒い霧のようなものが湧いてオレを囲んだ。

体が言うことを聞かなくなる。呼吸が速くなり、体中の傷がうずき出す。

「ぐッ……はっ？」

この体の状態はまるで呪いのようだ。これが祝福だと？

「アクファ、お前……一体何を？」

「わはははは。どうした？　我が勇者による【祝福】だぞ？　もっと喜べよ！」

「く……苦しい。まさか、勇者スキルが暴走しているんじゃないのか？」

「だったら……？」

開き直ってやがる。こいつ、自覚があるのか？

オレは息苦しくなってきた。

呼吸は速まるのだが、一向に苦しさがなくならない。

視界もぼんやりしていて、暗くなってきている。

勇者アクファの声が続く。

「暴走？　それがどうした？」

「何ッ？　お前……本当に……勇者アクファなの、か？」

「何を言ってるんだ？　俺サマは何も変わらないぞ？　魔導爆弾も不発だったようだなぁ。ボンクラフィーグが解決したって？　アイツのほうも早めに始末しないとな」

「………!!　ぐぅ……」

オレはついに息を吸えず、呼吸ができなくなった。

冷たい床に突っ伏し、身動きが取れない。

そうだ、看守は？

せめて魔導爆弾は勇者アクファから貰った物だということを伝えなければ。

コイツのせいで、オレは惑わされ、手を出してはいけないところに手を出してしまったのだと。

僅かに顔を動かして見ると、あの口の悪い看守が居眠りをしていた。

この国の看守や兵士たちは優秀で勤勉だ。眠るなんてことは今までなかった。いったい何が起こっているんだ？

「キサマ……勇者アクファ……貴様ァ！」

「まあ運が良ければ生きていられるかもしれないな。いや、それはないか」

カツッ、カツッ……。

勇者アクファの足音が遠ざかっていく。

ガシャン！

扉が閉じる音を聞いたとき、俺の意識は闇の底に沈んでいく。

もう二度と浮かび上がれない闇の奥底へ。

第十五話　令嬢の行方

装備屋レベッカのところでエンチャント付きの武器や防具を揃え、リリアと晩ご飯の買い物をして家に戻った。

「ただいまー」

「お兄ちゃんお帰り！」

「お帰り、パパぁ！」

妹のアヤメとキラナが俺に向けてタックルをしてくる。

アヤメはともかく、キラナのタックルは強烈だ。

さすが、竜人族。

「お風呂にする？　ご飯にする？　それともキラナとあそぶ？」

「ご飯はまだなんだろう？」

「うん！」

キラナは屈託のない笑顔で応えた。

誰だ？　キラナに変な言葉使い教えているのは。

神殿で会う人物が怪しそうだが……まあいいか。

「今日はアヤメが当番か？　少し遅いし手伝うよ、晩ご飯作るの」

「お兄ちゃんありがとう！　お願いね」

「じゃ、じゃあ私もお手伝いしてもよくってよ？」

ツンデレ口調を思い出したかのようにリリアが言い、

「私もつくるー！」

キラナも続いた。

そんなこんなで、楽しく料理を作りながらつまみ食いをして……満足して作った料理に舌鼓を打つ。

そういえばキラナは食べなくてもいいけど、食べてもいいらしい。

竜や精霊と同じようにエネルギーは空気からでも得られる。そのため食事は必須ではないけど、食べてもそれを消化できる。

その辺りは、人間と変わらないらしい。


それから数日後。

俺とリリアは目の下にクマを作った状態で冒険者ギルドに来ていた。

満面に笑みを浮かべたフレッドさんが、新たな依頼書を俺に渡してくる。

フレッドさん、なんだか顔がテカテカしているな。

これ絶対、ギルドの収入で夜の街に出かけているだろ？

「じゃあ、フィーグ、次の依頼《クエスト》よろしく〜」

「ちょっ……フレッドさん、人使い荒すぎでしょ。ブラックギルドじゃないですか」

最近、俺を名指しする依頼が増えていた。

依頼主は洗濯職人や家具職人、農家や建築職人、兵士など。

ほぼ全てがスキルの異常だったので、問題なく片付けることができる。

レベッカのところみたいに、リリアが問題の解決をすることもあった。

依頼の報酬はもちろんお金なのだが……それだけではなく、整備されたスキルで作ったお礼の品を受け取ってくれと言われることも多い。

おかげで俺の家には、人をだめにするソファや、人をだめにする布団、人をだめにするコタツとかいう暖房器具などが差し入れされている。

さらに、建築業を営んでいる依頼人によって、我が家がリフォームされ、リリアの一人部屋が増設された。

アヤメの学費を十分に支払えるだけの収入を得たし、依頼人から食事に誘ってもらったり食材を貰うことも増え、食べることにも苦労はしなくなっていた。

とはいえ。

あまりの仕事の多さにリリアも抗議の声を上げる。

「私も手伝ってはいますが、フィーグさん昼の仕事でクタクタになって、最近夜、元気ないんですよ」

周囲にいるギルド職員が、俺たちに視線を寄せてくる。ご、誤解だ。リリア、言い方なんとかして。

「夜、ねえ？」

「フレッドさん、そういう目で俺たちを見るのやめてもらっていいですか？」

「へいへい。だいたい、断ってくれてもいいって言っているのに、全部受けているのはフィーグのほうだぜ？　適当に断ってくれたら一気にホワイトギルドだ」

「うーん。断れない……この街のことなら……小さい頃から世話になったし」

「まあ、でもその様子だとちょっと無理させたみたいだな。依頼の募集も含め考えてみるよ。だがこの依頼はフィーグ、お前が求めていたクエストかもしれないぜ？」

フレッドさんはウインクをして俺たちにクエスト依頼書を見せてくれた。

『依頼主　：王都　フェルトマン伯爵
依頼内容：行方不明の元婚約相手、エリシス・ブラントを探して欲しい。
　　　　　発見したら連絡を入れること。
　　　　　直接彼女と話をしたい。
報酬　　：一〇万ゴールド』

「へえ、王都のクエストも連絡があるんですね」

「ああ。こっちに回さないバカがいなくなったからな。風通しが良くなってやりやすいよ。このエリシスっていう令嬢だが、強力な神官スキルが使えるらしい。でも、それがどうも、最近になってうまくいかなくなったようだ」

そう言ってフレッドさんはもう一枚、俺にクエスト用紙を渡してきた。

『依頼主　：　エリシス・ブラント
依頼内容：スキルの整備ができるものがこの街にいると聞く。
　わたくしのスキルを整備して欲しい。
　キルスダンジョンにいるので、可能なら会いに来て欲しい。
　私の探しているものが見つかったら帰るので、街で待っていてもいい。
報酬　：一〇〇〇ゴールド』

「エリシス・ブラント……さっきの依頼書で探している女性？」

「ああ。伯爵が探しているのはこのエリシスという女性だ」

なるほど。うまくすれば二つのクエストをこなせる。

「このエリシスっていうお嬢さんだが、ダンジョンに一人《ソロ》で行くくらいの猛者だ。もっとも冒険者としての登録はなく、教会の関係だから噂しかわからん」

「教会関係者……猛者？」

「ああ。とはいえ、どんなに強くても一人だと危ないこともあるだろう。フィーグも、こんな回復役がパーティにいてくれたら心強くないか？」

確かに回復系がパーティに欲しいと思っていた。これから先、きっと必要になるはずだ。

でもこの人……この前すれ違った、釘バットを持ったお淑やかな令嬢だよなぁ……。

うーん。若干不安はあるけど、とりあえず会って話してから考えてみよう。

「それとな、フィーグ、伯爵はどうやら訳ありみたいだから気をつけて欲しい」

「わかりました。ところで、キルスダンジョンってどこにあるんですか？」

「フィーグさん、それは私が知っています。私も一緒に行っていいですよね？　道案内もできますし……どうか」

リリアは、いつもの上目づかいで俺を見上げた。

「もちろん、リリアも一緒に来て欲しい。せっかくパーティを組んだんだから」

「はい！」

フレッドさんは意気投合する俺たちを見て「いいなぁ。オレも戦いたい」とつぶやく。

「フィーグ、キルスダンジョンの言い伝え知っているか？」

「いいえ」

「多分、エリシス嬢もそれが目当てだと思うが、こういう言い伝えがある」

もったいぶってフレッドさんが続ける。驚いたことに、途中からリリアも加わる。

『キルスダンジョンの最終守護《ボス》者を倒した者は、所持する全スキルを強化できる。その上新たなスキルの取得もできるだろう』

リリアとフレッドさんが、一字一句違わない「言い伝え」を口にした。

「スキルの強化と取得……本当ですか？」

「どうだろうな？　噂では、取得できるスキルは【勇者】という話もあるが、本当かどうかはわからない。まだ誰もこのダンジョンを攻略できていない。すごいご褒美があるのに、とても不人気なダンジョンだ」

「どうして……？　まさか？」

「どうも、このダンジョン、立ち入った冒険者のスキルが不調になることが多いそうだ。そのため、巣くう魔物を倒せず、奥に進めないらしい」

「スキルの不調が暴走によるものだとすれば、俺がいるパーティなら突破できるのでは？」

そう俺が言ったとき、ぱっと明るい表情をするリリア。

リリアの瞳が潤んでいる。

「ぜひ……ぜひ、行きましょう、フィーグさん!!」

「あ、ああ。そうだな」

俺たちは、キルスダンジョンに向かうことにした。

でも正直、もし危険なら、エリシスを見つけるのみにしよう。最奥の最終守護者は諦めてもいいんじゃないか？

キルスダンジョンは、ここからだと、王都の方向にあり、その間に広がる大森林の奥にある。馬車で二週間ほどの距離だ。

不人気なダンジョンのため定期的に向かう馬車がない。

でも、俺たちには高速で移動する手段がある。

俺たちは一旦家に帰り、神殿での勉強を終えて帰ってきたキラナに話しかけた。

「キラナ、ちょっと触れるがいいか？」

「おててつなぐ？」

「うん」

「……もう、パパくすぐったいよぉ」

「あっ、ごめん！」

「ううん、大丈夫。こうやって……こいびとつなぎをして……」

「えっと……そんなのどこで覚えるんだ？」

「こいびとつなぎすると、あたたかいね」

知らない者が聞くと誤解しそうな会話をしながら、俺は【スキル整備：複製】を実行した。

目的はキラナが持っているスキル。

「【次元飛翔】起動！」

《【次元飛翔】ＬＶ99起動》

あっさり体が宙に浮く。その様子を見て、キラナは瞳を輝かせた。

「パパすごい！　背中から光の羽が出てる！　あたしもする！　きどう！」

《【次元飛翔】ＬＶ１発動》

「おおーー」

にょきっとキラナの背中の上から竜の羽が現れた。といっても小さくてちんまりしている。

キラナの体に相応の大きさだ。幸い、肩まで大きく開いているシャツを着ていたので、服が破れることはなかった。

「よいしょっ」

キラナがパタパタと羽ばたかせると、体がふわっと浮く。

「おおおー！　ういてるぅ」

「おっと！」

キラナがふらついたので、慌てて抱えた。安定して浮くことが難しいようだ。

まだLV1だからこんなものなのかもしれない。

「もう少し練習しないとな。うまく飛べるようになったら、二人で一緒に飛んでみようか？」

「うん！　がんばる！」

キラナは満面の笑みで答えた。なんらかの理由で封印されていたスキルだから、使えること自体が楽しいのかもしれない。

「でも無理しないようにな」

「うん！　はやくいっしょにとべるように、がんばるね！」

◇◇◇

数時間後。俺はキラナから複製した【次元飛翔】を使用し、リリアを抱いて飛んでいた。

俺とリリアはキルスダンジョンに向かっている。

パァン！

飛行速度が音速を超え、俺の後ろで衝撃波が弾ける。どんどん速くなっていくのがわかる。緑に覆われた地平が下方にあり、その景色があっという間に過ぎていく。

パァン！　パァン！

「きゃあああああ‼」

どうやら、リリアは高いところが苦手なようだ。隙のないエルフ族だと思ったけど、苦手なものもある。

「リリア、下を見ないほうがいい」

「うう……。下を見ないなら、何を見たらいいのでしょう？」

「目をつぶるとか？」

「そ、そのほうが怖いです。でしたら……」

リリアはそう言って俺の顔をまじまじと見つめてくる。

「ちょ、リリア？」

「すっ……好きで見てるわけじゃないんだからっ！」

そう言いながら、俺の腕に抱かれたリリアは、ぎゅっとしがみついてくる。そして、俺の顔を見てニコニコとしていた。

そういえば……。

これから向かうキルスダンジョンについて、少し気がかりなことがある。

俺が勇者パーティに所属していたときや、その前は、これほどスキルが暴走して困る人は多くなかったはず。

それが、今ではギルドへの依頼が溢れるくらい異常をきたす人が多くなっている。何か原因がありそうだ。

そう考えると、このダンジョンの性質にヒントがあるのかもしれない。

もしスキル暴走の原因を、このダンジョンがまき散らしていたとしたら……？

このクエストを引き受けたのも、そんな心当たりがあったからだ。

森が急に開けたかと思うと、少し盛り上がった丘のふもとに入り口が見えた。

「リリア、準備はできているか？」

「当たり前ですわ！　誰に言っているの？」

絶好調なリリアに引っ張られるようにして、俺はダンジョンに足を踏み入れる。

ダンジョンの第一階層は魔物《モンスター》に出会わず、代わりにバラバラに砕かれた魔物の肉が落ちていた。

これは恐らくオーガの死体というか……肉塊だ。結構クサい。

「こ、この匂いは」

リリアが鼻をつまんでいる。

「多分オーガだ」

誰かが先行している。もちろん、その誰かに心当たりがある。

とはいえ……虫も殺したことがなさそうな、お淑やかな女性がオーガをどうやって倒しているのか興味が湧く。

「フィーグさん、私はオーガが大嫌いです」

オーガはエルフを好んで攫《さら》い、なぶり、最後には食料にするとも聞いたことがある。

リリアの目が本気なのは、オーガはエルフにとって種族としての敵だという認識だからだろう。

結局、生きているオーガにはまったく出会わず、あっさり下に続く階段を見つけた。

地下、第一階層。

残念ながら、めぼしい物は特にない。ただ、通路の各所に、オーガの肉塊と血の染みを見かけるようになった。

大量ではないものの、ちょいちょい見かける。

それらを見て嫌になったのか、俺の後ろから服をつまんで歩くリリア。

「ううーーこの匂い……苦手です」

スキル【剣聖：風神】を扱う腕前のリリア。対人戦では無敵の強さだったが、はたして魔物だとどうだろう？

しばらく通路を歩くと、女性の声が奥のほうから聞こえてきた。金属音や、聞き慣れない何者かの声も聞こえる。

戦闘音だ！

「リリア！」

「はい！」

俺たちは、女性の声がする方向に走り出した。

少し広い部屋に入ると、数匹の緑色のオーガが見覚えのある少女を取り囲んでいる。

紺色の神官着を身につけている華奢な女性が、禍々しい殴打武器を構えて、オーガに殴りかかっている。

エリシスだ。でも、以前見かけた少女と同一人物なのか、自信がない。それほどに、口調が随分違うからだ。

何度でも言うが、レベッカの店で会ったときは、すごく丁寧でお嬢様という感じだった。

それが……どうしてこうなった？　耳から入ってくる彼女の言葉は……なんというか……。

「ぐえっ、こっ、このヤロウ！！　卑怯だぞ！　クソがっ、死ねえぇっ!!」

どこのヒャッハーだよ……。隣にいるリリアがエリシスの振り回しているものに目をやった。

「あの武器、レベッカさんのところで見たのと同じですね」

特徴的な形の棍棒……釘バットを神官が振り回している。

「うらあああああァッ！　クソッ倒れろよお前らァッ！」

めちゃくちゃに釘バットを振り回すエリシス。

ドカッ、ドカッとオーガに命中するが、たいしたダメージを与えているように見えない。

オーガは打撃を食らい、釘によって引っかかれた皮膚から血が出ている。しかし、再生能力があるため多少の傷はすぐに回復してしまう。

でも、あの戦い方でゴリ押ししていたら倒せそうに思えてくる。それくらい迫力があった。

リリアが目を丸くしている。

「あの、フィーグさん……あの人すごいですね。軽く引きました」

「俺も引く。殴り倒して全滅させそうな勢いだな。あれは、まるで……撲殺神官だ」

「撲殺神官」

清楚な見た目や神官着。釘バットと、あらくれ者のような下品な発言。脳の中で処理できない。

さて、パーティメンバーとしてどうか考えてみよう。

まあ、変わっている人でも戦力になるなら……うん、アリだな。

殴り聖職者《アコライト》という存在がいると聞いたことはあるけど、撲殺神官と言ったほうが合っている。

「フィーグさん、貴族の男性にエリシスさんに会わせる依頼ですが……大丈夫でしょうか？」

「そうだな。伯爵が荒ぶっているエリシスを知っているのだろうか？　ものすっごーく不安になってきた」

「私もです。あっ？」

リリアが軽い悲鳴を上げる。

見ると、エリシスが殴りつけた釘バットが、オーガの体にめり込んでいる。どうやら肉に食い込み、抜けなくなったようだ。

「ウエッ？」

額に青筋を立てて釘バットを引き抜こうとするエリシス。

鬼だ。

鬼の形相だ。

「ぐぬぬぬう！」

荒々しい地獄のようなかけ声、すぐさま殴りかかるエリシス。

ボキッ。

変な音がしたと思えば、釘バットが先端から三分の一くらいのところで折れた。よりによってこんなタイミングで武器が壊れるとは、運がない。

そういえばエリシスはレベッカの装備屋を訪れていた。あのとき、じいさんはスキルが暴走していたはずだ。

暴走したスキルで武器を加工していたのなら、壊れても仕方ないだろう。

エリシスは鬼の形相のまま、折れた釘バットを呆然として見つめている。まるで、悪夢でも見ているかのように動かない。

「援護《カバー》します！」

危機を察したリリアが駆け出すと、素晴らしいスピードでオーガに迫り、エリシスを庇うように間に立った。

俺は、頭が真っ白になって突っ立っているエリシスに駆け寄る。

「大丈夫か？」

うっ、と頭を抱えて倒れそうになるエリシス。

彼女を抱きかかえ、俺は部屋の隅に移動する。キンッ、キンッと武器がぶつかる音が響く。

リリアが応戦している。リリアの腕前ならオーガくらい楽勝だろう。

ふと、腕の中のエリシスが俺を見つめていることに気付く。

「えっと……私《わたくし》は……？」

さっきまでのギラギラしていた目つきはどこかに消え、優しげな表情をしている。

「大丈夫か？　武器が壊れたようだが？」

すると、はっとしたような顔をしてエリシスは周囲を見渡し、手にしている血だらけの釘バットを見る。

「わ、私、また何かやってしまったのでしょうか？」

「覚えていないのか？」

「はい。いつも夢中になると我を忘れて」

「夢中？　我を忘れる？」

戦闘になると、人が変わる人間も多いと聞くが、エリシスの性格の変化は尋常じゃない。

「い、痛っ！」

「どうした？」

「腕が……うでがッ……」

どうやらエリシスは腕の筋を痛めてしまったようだ。よく見ると、神官着の破れたところから見える肌に傷がある。

戦闘中に怪我をしていたのだ。

「きゃあっ！」

ドサッ。

リリアが悲鳴をあげながら吹っ飛んできた。

その先にいた俺は、リリアに押し倒された格好になり、下敷きになる。俺の腹の上に、リリアのお尻が乗っている。

「いたた……」

「大丈夫か、リリア？」

「はい、平気です……キャッ！　ご、ごめんなさい、フィーグさん」

「問題ない」

リリアはさっと俺の上から立ち上がり、オーガの方向を向いて構えた。

しかし、たかだかオーガごときにリリアの【剣聖：風神】スキルが負けるとは思えない。

「リリア、どうした？」

「フィーグさん、あのオーガたち……切っても切っても治っていって。何体か倒したのですが」

見ると、サイコロ状にになったオーガの体が転がっている。

新装備の剣の切れ味はさすがだ。もしかしてエンチャント【復讐者】を使ったのだろうか？

殺意が高めだけど。

エルフがオークやオーガを嫌悪・憎悪しているのはわかる。願わくは、それが俺に向けられませんように。サイコロ状の肉になるのはごめんだ。

よく見ると、リリアの顔色が悪い。リリアも腕を負傷している。

武器を持てないほどではないが、防衛に徹することしかできなそうだ。

何体か倒したとはいえ、リリアを負傷させるオーガの存在……なんか変だと思いつつ、違和感の正体がつかめない。

まずい。オーガが俺たちのほうに向き、歩き出している。

俺はエリシスに問いかけた。

「あの、薬かポーションは持ってないかな？　神官なら治癒系のスキルを使ってもらえるとありがたい」

「それが、今私のスキルが調子悪いのです」

「えっ」

なるほど。十中八九、スキル暴走によるものか、なんらかの制限を受けているかだろう。

エリシスのスキルを診断すればすぐわかることだ。

だけど、色々と諦めた様子でエリシスは俺たちに頭を下げた。

「もうこうなっては……無理です。私が囮になるので、お二人はお逃げください」

「大丈夫だ。俺に任せて欲しい」

オーガと戦って負ければ命を落とすかもしれない。

かといって、投降すれば何をされるかわからない。俺はともかく女性は捕らえられるだけでは済まないだろう。

エリシスはそれをわかっていながら、申し出た。俺は彼女の覚悟に応えるため、エリシスの肩を抱く。

そして、自信を持って彼女に伝えた。

「大丈夫。今だけでもパーティを組もう。それでスキル整備をする。リリアは、防衛に徹してフォローを頼む！」

「はい！」

リリアが俺たちの前に立った。

ちょっと辛そうだ。だけど戦闘はリリアに任せる。

俺は俺の仕事をし、役目を果たす。パーティでの存在意義を示す。

俺はエリシアと手を繋いだ。

「スキル整備発動！」

「あっ……うっ……うん……だめ……神に仕える私がこのような……」

頬を染め、体をくねらせているけど気にしない。俺は淡々とスキルを整備していく。

「大丈夫だ。俺に任せて欲しい」

「は、はい」

俺はエリシスの肩を抱きスキルを診断する。

『名前：エリシス・ブラント
　職種スキル：
【神官：傷回復《キュア》】　LV89：《【警告！】：性能低下》
【神官：防衛聖域】　LV81：《【警告！】：無効》
【神官：不死者退転《ターンアンデッド》】　LV34：《【警告！】：暴走》
【神官：殴打】　LV51：《【警告！】：変異して狂戦士状態《バーサーカー》に変化》
【神官：祝福】　LV71：《【警告！】：暴走》』

このスキルの多さはなんだ？

レベルも高い。神官は一般職だが、エリシスのスキルは上級職の「聖女」に匹敵するのでは？

狂戦士状態ってのは、さっきヒャッハー、と様子がおかしかったけど、これが原因だろうか？

「もう、どうしようもありません……私が囮になるので、お二人は逃げてください。私が調子に乗っていたのが原因ですから」

囮になり俺たちのために命を捨てる気なのか。

もちろん、そんなことはさせない。

「大丈夫だ。君はものすごい力を持っている」

「えっ……いいえ、私は……役立たずだから……婚約者に捨てられるほどの……。囮になるくらいしかできません」

次第に、瞳が曇っていくエリシス。俺は、その様子を無視して叫ぶ。

「スキル整備発動。修復、そして魔改造起動！」

《順次実行します。成功しました。スキルの修復と魔改造が完了しました》

《【神官：傷回復】は、【次元飛翔】の空間を操る能力と、本人の資質により、同一空間全体に影響を及ぼす《神官：全体大回復《マス・ヒール》》に魔改造されました》

「あんっ……あっ？」

歯を食いしばって声をこらえているエリシスがまた切ない声を漏らしている。

しかしすぐに変化に気がつき、戸惑いの表情を見せる。

「これは……全体《マス》……大回復《ヒール》……？　高位の大神官や聖女にしか使えないという伝説の回復術？　こ、これがあれば」

「ふう、うまくいったようだな。大丈夫か？」

「……あ、は、はい。でもこの力は……本当なのでしょうか？　信じられません」

「間違いなくエリシス、君の力だ」

エリシスは驚きのためか、目を見開き口をあんぐりと開けて俺を見つめていた。

「あ、あなたは神なのですか？　いいえ……私の仕えてきた神でさえ、このような素晴らしいことはしてくれませんでした……何も」

エリシスの声が、訴えるように周囲に響く。

「何も助けてくれなかった……手を差し伸べてくれなかった……それなのに……あなたは？」

「大げさだな。これは俺のスキル、《スキルメンテ》によるものだ。たいしたことない。君や、みんなの力が元になっている」

「この力が大したことない……ですか……？」

「うん。沢山スキルを扱える君のほうがよっぽどすごい」

「あなたは真《まこと》の神だったのですね」

「んん？」

なんか変なことを言っているぞ。

その瞬間、エリシスの体が光を放つ。

《エリシスは信念の変化および感銘により、状態スキル【天啓】を獲得。その力を用いて、職種スキルが魔改造されます》

《職階級は上級職に移行。スキルは一律、神官から聖女スキルに進化します》

《聖女：全体大回復を獲得しました。

聖女：聖域を獲得しました。

聖女：不死者退転を獲得しました。

聖女：殴打を獲得しました。

聖女：浄化を獲得しました。

聖女：祝福を獲得しました》

よくわからないけど、とにかくエリシスは神官から聖女になったらしい。

ぱっと見、何も変わらないようだけど。

「え……私が……せ、聖女？」

「みたいだな。早速、回復スキルを！」

「は、はいっ！【聖女：全体大回復】！」

凛とした声でエリシスはスキル起動を叫んだ。パーティに参加している、俺とリリア、そしてエリシスの体が光に包まれる。

そのとき、リリアは窮地に立たされていた。甘い蜜に引き寄せられる蟻のように、リリアに近づくオーガ。

「エルフ……エルフ……ぐへへえええええええ！」

オーガがリリアの可愛らしい姿に目を細めている。美味しそうなおやつを見つけたような目つきだった。

「ぐっ……いや、オーガなんて大っ嫌い！　いやっ、来ないで！」

あからさまに顔をしかめるリリア。心底オーガが嫌いなのだ。

そんなリリアの体が光を帯びる。体の傷がみるみる塞がっていく。

「すごい……これは大回復《ヒール》の全体魔法!!」

さっきまで負傷し、だらんとしていた腕が完全に元通りに戻っている。

「フィーグさん、これなら……いくらでも戦えます！」

素早く反撃に転じたリリア。その剣はあっけなく、やすやすとオーガを切り裂いた。すぐにリリアは次のオーガに向けて戦闘を継続する。

しかし……次のオーガ、こいつの様子がおかしい。リリアの攻撃を避けているのだ。

リリアが苦戦しているのは、この個体が原因のようだ。他のオーガと顔つきが違う。

リリアと、特殊なオーガの1対1《タイマン》が始まった。

オーガは巨体なくせに素早く、その棍棒の攻撃も鋭い。まるで、リリアの動きをコピーしたようにも見える。なかなか決着がつかない。

しかし、エリシスが必要なタイミングで【聖女：全体大回復】スキルで支援するため、リリアが後《おく》れを取ることはなかった。

「うず……うず」

俺は隣にいたエリシスが、一歩前に踏み出していることに気付く。

おや、エリシスの様子が……??

「うず……うず」

「どうしたの？」

「わ、わたくしも参戦してよろしいでしょうか？」

「何言ってんのっ⁉」

俺は条件反射的にツッコんだ。

回復役が前に出たら集中的に狙われる。だから後衛職とも言われる。

しかし、すぐに思い直す。エリシスならアリ……なのか？

エリシスの右手には、折れて短くなった釘バットが握られていた。左手にはその片割れ。短くなったとはいえ、見た目は凶悪だ。

両手の釘バット《ダブル・ヒャッハー》を持つ姿は、もうどう見ても聖女ではない……。

ど、どうしてこうなった？

「エリシス、君は回復スキルの起動をしないといけない」

「もちろんです！　どちらも頑張りますわ！」

らんらんと目を輝かせ、色々と我慢している風なエリシスを、俺は止めることができなかった。

「そ、そうか？　じゃあ、リリアの支援をたのむ」

んんっ？

エリシスの瞳がギラつき始めた。

「くれぐれも、回復優先でお願いし――」

「おーほほほほほほほ！」

俺の言葉をかき消し、エリシスは両手の釘バットを天に掲げ構える。続けて迷いなく恐ろしいスピードで駆け出す。

「突撃ですわっ！！！」

狂気と正気の狭間で揺れ動いているように見えるが、あれが素のエリシスなのだ。

リリアに助太刀《すけだち》しようと駆けていくエリシスの姿は狂戦士そのものだった。

エリシスが聖女？　本当に？

俺が敵だったらビビっちゃうね。

《天啓状態のため、さらにスキルが進化します。【聖女：祝福】は、暴走状態の狂戦士状態と、広範囲魔法を用いて、【聖女：鬨《トキ》】に魔改造されました》

この突撃で、さらにスキルが魔改造されたようだ。マジかよ……。

「加勢しますわよ！　うららあぁ！　滅びなさいッ！」

い、一応前みたいな暴言というかひゃっはーではなくて、多少はマシな言葉使いになっている。

でも本質がまったく変わってない……よな。

エリシスが大声で叫ぶ。

「全軍、突撃！！！　ですわっ！」

「全員？　俺も？」

俺は後方で指揮やスキルの整備を行う役目だ。これを譲るわけにはいかない。

だけど、エリシスの鬨の声に、リリアや俺の体が仄かに光った。

な、なんか力が湧いてきている!?

《鬨により、パーティ全員の攻撃力が100%向上しました。

防御力が100%向上しました。

体力が回復しました。一定時間自動回復します。

魔力が回復しました。一定時間自動回復します。

士気が100%向上しました。

士気が正常範囲を超えたため、パーティ全員が【狂瀾状態】になりました》

強力な能力向上《バフ》だが、どうも行き過ぎだ。

おや……エリシスの様子が……。

「攻撃しますっ!! 大嫌いなオーガにだって負けませんッ! 殲滅します!」

腕を大きく振りかぶり、オーガに剣を振っている。

しかし、リリアが繰り出すのは無茶苦茶な攻撃に見えて、冷静に相手の動きを見据えたものだ。

攻撃を避けつつ、剣を繰り出している。これが【剣聖】クラスの剣技か。

一方、エリシスは最初のヒャッハー状態より少し冷静に見える。

さて、俺なんだが、どうにも落ち着かない。

「うず……うず」

俺もどういうわけか、いてもたってもいられなくなってきた。

これが狂瀾状態なのか?

意識を正常に保ったまま、戦闘意欲が高まる。

「ぬおおおおおおお！　俺にも獲物を残すんだっ！　突撃ッ！」

俺は走りながら、エンチャント：【応答者】を用いて短剣を投げた。

短剣はオーガの目に突き刺さり、手元に戻ってくる。

「グアアアァァァッ！」

絶叫と共に戻ってきた短剣を俺はシュタッと受け取り、さらに投げる。普段の俺はこんなことしない。しかし、今はとにかく、戦闘をしたい。敵を蹴散らしたい。

俺たちの様子に、冷や汗を流しているオーガ。なんか引いているぞ？

後方で様子を窺っていた数匹のオーガがなにやらザワザワしている。

前衛で攻撃を食らっているエリシスも、リリアも、そして俺もビクともしない。

「人間……エルフ……怖ッ」

雪崩のように背を向けて逃げ出すオーガたち。

既に一体ずつ倒していたリリアとエリシスがオーガの群《むれ》を追う。

「敵が撤退を始めましたわ。追撃、そして殲滅しますわよっ！」

先頭に立ったエリシスが叫ぶ。

本来は一旦立ち止まり、状況を確認、態勢を整え直して進撃したほうが良さそうだ。しかし、俺たちを止める物は何もない。誰もいない。ツッコミ役がいない。

俺も勢いに任せ、二人の後ろを追った。

どどどっどどどどどどっ。

砂埃をあげてダンジョンの奥に向かっていく二つの集団。オーガの群とテンションの高い人間二人とエルフのパーティ。

集団は第二階層の一番奥に到達する。

「ナ、なんダアレハ……」

ついに、オーガの巣に入った。

さまざまなガラクタがあり、そして恐らくボスであろうオーガロードが現れた。

しかし……何が起きたのか把握する前に襲いかかる。

逃げ場を失ったオーガたちに、リリアとエリシス、そして俺が次々と斬りかかる。全員が前衛だ。

もう無茶苦茶だが、この勢いは止まらない。

瞳をギラつかせ、口元に残忍な笑みを浮かべ歓喜に身を任せる。

そして、俺たちは哀れな敵に目を細めるのだ。

「「「グへへ」」」

もう、どちらが魔物なのかわからない。

物騒な声をあげて、俺たちは哀れな敵に襲いかかった。

「復讐者発動！」

「グアッ!?」

リリアは、バフと【能力付与】がかかった剣を使い、オーガロードを細切れにする。

オーガロードは何が起きたのか知る前に倒されてしまった。残ったオーガは敗走を始める。しかし、それを見逃すエリシスやリリアではない。

「オーガなんて……死んじゃえ！」

「おほほほほほ!!」

「うおおおおお」

結局なすすべもなく、オーガたちは全滅したのだった。

《戦闘終了につき、罠の効果が消滅しました》

戦闘が終わり一息つく。

狂瀾状態といえど意識は失っておらず、むしろハッキリしていた。全員、正気を保ったまま戦っていたのだ。

血のしたたる釘バットを見下ろし、エリシスがつぶやく。

「はっ。私ったら……いったい？」

いや、エリシス。君も正気だったよね？

リリアは肩で息をしながらも少し満足そうにしている。嫌いなオーガを倒したからだろうか。

横たわるオーガの群に顔をしかめつつ、リリアは剣の汚れを落とし始めた。

予想外の展開があったものの、問題なく対応ができた。このパーティ構成はなかなか良さそうな感じだ。

「私たち、勝ちましたわッ！」

エリシスが高々と釘バットを掲げている。つられて、リリアも「おー」と言っている。

……こ、これでいいのだろうか？
ともあれ、俺の新パーティ初実戦は、圧倒的な勝利で終えたのだった！

第十七話　証拠

「うがあああっ！　クソがぁ！」

役に立たないパーティメンバーに悪態をつきながら、俺様は【勇者：剣聖】スキルを多重に起動する。

数度切りつけ、動かなくなったことを確認し、俺は戦闘の終わりを実感した。

「はぁっ、はぁっ」

パーティメンバーは皆座り込み、休憩を取り始めている。その様子に俺様はイラつく。たったこれしきのことで、息の上がりも早い。

フィーグがいた頃は、もう少しマシだったはずなのに。

フィーグを追放し、勇者パーティは女魔法使いを入れ華やかになった。俺以外は全員女だ。

しかし、戦闘において苦戦することが多くなった。

たかだかオーガロードくらいで何をこんなに消耗しているのだ？　戦闘のたびに休憩などされたら、鬱憤だって溜まる。

「くそ……」

今日の任務は、あるダンジョンに湧いたという数百匹のオーガ群の殲滅だ。本当に下らない。

俺様が管理する勇者パーティは最近調子が悪いと言われ、腕試し的なクエストを王家側が依頼してきやがった。

こんなもの、王家が頼まなければ決して受注しないクエストだ。俺様はもっと、報酬のいい危険なクエストを受注したい。その金でうまいものを買い、名声で寄ってくる女を抱きたいのだ
今倒したオーガロードがボスであり、こいつを倒せば任務完了のハズだ。ダンジョンから出るために歩き始める。

しかし、すぐに背後から悲鳴が上がった。

「な⁉　なんだ⁉」

慌てて振り返ると、そこには先ほど倒したはずのオーガロードの姿があった。

俺様を睨みつけるようなパーティのメンバーたち。

本当にトドメを刺したの？　彼女らの目はそう訴えているようだ。

なぜそんな目で見るんだ？　俺様は勇者なのだ。

「お前ら……後で覚えてろよ？」

俺は再び、オーガロードに対峙する。そして、再度の戦闘が始まった。

おかしい……。

明らかにおかしい……。

さっきと同じ手順で攻撃を加えているにもかかわらず、ダメージを与えられていないような気がする。

そもそも本当に俺様の【勇者】スキルは起動しているのか？

「あなた、少し休んだほうがいいんじゃないかしら？」

聖女職のデリラが、俺のほうを心配そうに見つめる。

他のやつと違い、コイツだけは俺の味方だ。

「フンッ、これしき」

俺は再度【勇者：剣聖】を多重起動してオーガロードに切りつけた。

何度か切りつけるうちに動かなくなるオーガロード。

「そういえば、オーガ系は回復力がすごい。だから、首を切り落とすなどして完全に息の根を止めないと、何度も復活する。そうフィーグさんが言ってましたね」

魔術師サラが言う。

コイツは中立的な態度を取っているが、どちらかというと反抗的だ。だいたいフィーグがそんなこと言っていたか？　あんなボンクラにそんな知識あるわけないだろう？

突然、俺様は強烈な頭痛に苛まれる。

フィーグの顔が頭の中に浮かぶ。以前の戦いで、フィーグが言っていたことを思い出す。

「クソ、追放されてまで俺様を苦しめるのか……フィーグめ」

「ねえ、勇者アクファ、いったいどうしたの？」

聖女デリラが問いかけてくる。だが俺様の頭は重く、返事すらマトモにできない。

「今日はだめね。スキル【聖女：防衛聖域】起動！　みんな、撤退の準備を」

「はいッ！」

俺様は、聖女デリラに引きずられるようにしてその場を後にしたのだった。

クエスト失敗だ……。

俺たちは、王都に戻り一旦解散した。

俺様は、報告のために王都ギルマス、デーモのもとに向かう。

報告のような雑用は俺様のすることではない。それでも俺が行く理由は、任務失敗の隠蔽のためだ。

……いや、いや、違うぞ。

ギルマス・デーモは解任されたのだ。俺様はいったい、何をしようとしていた？

記憶が蘇る。

王都の地下にある牢獄での記憶。

「【勇者：祝福】スキル、起動」

「…………!! ぐぅ……」

そうだ。俺様はあいつを手にかけた……のだ。

王都ギルマス・デーモはもうこの世界にはいない。

だったら……デーモの代わりを用意するだけだ。

俺は口元が緩むのを抑えられない。思わずニヤリとしてしまう。

さっきまで最悪な気分だったが、今は晴れ晴れとしたいい気分だ。

「アハハハハハ！」

俺が高笑いを上げていると、周囲の者が俺を妙な目つきで見つめてくる。

さて、王都ギルドの建物にやってきたが……妙だ。

王都ギルドの門前に衛兵がいて、立ち入る人物をチェックしている。

「あら、あなた……勇者アクファ殿ですね」

目の前に現れたのは……なかなかいい女だ。騎士のようだが何者だ？

「君は？」

「失礼しました。私は、騎士エリゼ・ディーナと申します。先日、元ギルマス・デーモが死体になって発見された件について、少しお話を聞かせていただきたいのですが」

コイツ……。俺様に物怖じしないとはいい度胸だ。

しっかり後で尋問しないとな。

俺様がアイツを殺した証拠はどこにもないはずだ。

「ふん、構わないよ。誰が殺したのかなあ？　まさか俺様を疑ってはいないよなぁ？」

俺様は思わずニヤついてしまう。

何か因縁を付けて脅してしまえば……デーモのようにうまい駒にできるかもしれない。

「なるほど……これはしっかりお話をしなければならないようですね」

騎士エリゼとやらは顔色一つ変えず、そう返してきた。

「はぁっ？」

バレることはあり得ないとは思うが……その迫力に、俺様の背筋に冷たいものが流れる。

俺様は騎士エリゼによって、ギルドの応接室に通された。

「それで、先ほどの話ですが」

実に冷静に、静かに話を進める騎士エリゼ。隣には、査察官がいて話を聞いている。

査察官はともかく、問題は騎士のほうだ。

勇者という称号を得ている俺様でさえ、そう簡単に手を出せない。失踪したり死んでしまったら、王国は本腰を入れて犯人を捜すだろう。

いや……そもそもたかがギルマスの殺人に、どうして騎士まで出張ってくるんだ？

「勇者アクファ殿。あなたは、先ほど、デーモについておかしなことを仰いました」

「え？　おかしなこと？」

大したことはまだ何も話していないはずだ。

おかしなこととは？　俺様はさっぱりわからない。

「『誰が殺したのかなあ』と」

「それがどうしたというのだ？」

「古典的な、ありふれたやり方で……口を滑らすとは思っていませんでしたが、まだわかりませんか？」

うん？

こいつは何を言っているんだ？

俺様がきょとんとしていると、騎士エリゼはふう、と溜息をついて続けた。

「元ギルマス・デーモが死亡したことは一部の騎士や牢獄の関係者しか知らないことです。あなたは、どうして『殺された』と知っているのですか？」

「えっ……。いや、騎士エリゼ、あ、あなたが殺されたと言ったのでは？」

「私は、死体になって発見された、としか言っていませんよ？」

「な、何っ？」

クソっ。古典的で、ありふれたやり方。つまり、古くて多くの人間が知っている、ありがちな罠。

それにまんまと俺様はハマった？

ヤバい。

どうして知っているのか？　俺様には理由が説明ができない。

元ギルマス・デーモが殺されたことを知っているのは、騎士や地下牢の関係者、そして……犯人だけだ。

「いや待てよ？」

ふと、俺様の冴えた頭が言い訳……ではなく、釈明を思いつく。

そうだ。あれは夢なのだ……ギルマス・デーモを殺したのは俺様ではなく、知らない他人で、そいつがデーモを殺す瞬間を――。

「夢に見たのだ。ギルマス・デーモが殺されるところを。だから、それが事実だと思い込んで言ってしまった。それだけだ」

「……ふむ。夢ですか。勇者アクファ、あなたには【予知《プレコグ》】のスキルはないはずですが」

「だ、だから、スキルとは関係ない夢なのだ。偶然見ただけなのだ」

こう言ってしまえば、なんとでも誤魔化せる。

騎士エリゼは、いぶかしげな視線を送りつつも、ふむ、と頷いた。

「わかりました」

よし。なんとか納得させたようだ。

案外チョロいな、この女。

「では、質問しますが、その夢ではどのように殺害をしていましたか？」

どうせ夢の話なのだ。俺様は状況を説明してやることにした。

「犯人は、【祝福】のスキルで、デーモを殺したのだ」

「ふむ。【祝福】ですか？　このスキルは、対象の能力値にボーナスを与える、つまり、筋力や体力などにバフを与えるもの。人を殺すなんてことはできませんが」

「だ、だから、夢の話なのだ。整合性を問われても困る」

そう言うと、騎士エリゼは考え込んだ。

どうせ気付かないだろう。

「ちなみに【祝福】というスキルもありふれていますわね。私たち騎士だって使えます」

「ああ。それ以外にも神官などもな」

「司祭や司教、そして聖女だって使える」

「それが何か？」

「例えば、の話ですが。このスキルが暴走したらどうなるでしょう？　本来バフを与える効果が、マイナスとなって対象を苦しめる。筋力を失い呼吸すらできなくなったら？」

暴走？　あれは暴走などではなく、スキルを反転行使しただけだ。勇者だからできることだ。

そういえば、アクファも最後はスキルの暴走がどうとか、言っていたな。

「何が言いたい？」

「どうやって殺害したのかさっぱりわからなかったのですが、なるほど、【祝福】の有効時間を過ぎてしまえば、痕跡もなくなると。興味深いですね」

「それがどうしたというのだ？」

「このスキル、あなたも持っていますよね？　勇者アクファ」

うっ。まさか気付いたのか？

いや、大丈夫だ。反転して使う方法など、俺様以外は知らないはずだが。

「た、確かに持っているが」

「では、ここで私に使ってみてください」

「な、何？」

「ですから、私に使ってみてください。このスキルはほとんど魔力を消費しないので、使えますよね？」

なんだこの女は？　やはり馬鹿なのか？

スキルを反転せずに使えばいいだけだ。普通にバフがかかって終わりだろう。

暴走などあるわけがない。

そうだ。いいことを思いついた。

「明らかに俺様を疑っているな？　もし何もなかったら、どうする気だ？」

「いいえ、単に捜査の協力をお願いしているだけですわ」

「信じられるかそんなこと。じゃあ、こうしよう。もし何事もなくスキルでバフがかかれば……そうだな、俺様の言うことを一つ聞いてもらおうか」

「ええ。構いません。ですので、どうぞ、私に【祝福】を」

かかった！

これだから、頭の悪い女は好きだ。

「【勇者：祝福】スキル、起動！」

俺様は声高らかに叫んだ。もちろん反転などはしない。

すると、俺様の周りから黒いモヤのようなものが湧いて騎士エリゼに向かっていく。

どう見ても、祝福という名のスキルから発生するものではない。

「くそっ！　なぜだっ⁉」

俺様はスキルの反転などしていない。なのに、なぜ……？

まさか……反転などではなく……？　本当に……暴走なのか？　背筋に、つーっと冷たい汗が流れる。

黒いモヤは完全に騎士エリゼを包んだ。

「ぐっ……なるほど……これか……はぁっ、はぁっ……はぁッ……」

騎士エリゼは膝をつく。強力な体へのデバフがかかり、身動きができないようだ。

査察官は顔色一つ変えず、騎士エリゼを凝視している。

「ぜぇッ……ぜぇ……」

しかし、騎士エリゼは微笑みを浮かべながら、叫ぶ。

「勝負だっ！　【聖騎士：祝福】、起動!!」

俺様のスキルと騎士エリゼのスキルがぶつかり合う。

「フィーグ殿ありがとう……絶対に負けない」

騎士エリゼの口から漏れる。どうしてコイツがフィーグの名を知っているんだ？

しかも、コイツのスキルは、聖騎士のものより威力が強い。本来なら、聖騎士のスキルが俺様のスキルと張り合えるはずがない。

騎士エリゼの周囲を光のオーラが包む。

黒いモヤと光のオーラが混ざり合い、お互いを消そうと渦を巻き始める。

勇者アクファの焦りは増すばかりだ。だからといって、他の人間の目もある。迂闊に動くことはできない。

そして……パン！　という音が部屋に響く。

スキルの勝敗が決したのだ。

「はぁ……はぁ……ふう」

騎士エリゼが、光のオーラを纏って立ち上がった。

俺様のスキルが……騎士ごときに負けた？

騎士エリゼは息を整えると、口元を緩め俺様に言った。

「これはこれは……勇者アクファ殿、フィーグ殿の予想通り、あなたのスキルは暴走していませんか？　こうやってギルマスデーモを死に至らしめたわけですね」

「い、いや……それは……待て、そこでどうしてフィーグの名が出てくるのだ？」

「私は元々フィーグ殿と面識がありまして。事前にあなたのご様子を聞いていたのです」

「なにっ？」

俺様の額に大量の汗が浮かんでいる。

どうしてこうなった？　罠に嵌められていたのは俺様だった？

……バカなのは俺様のほうだったのか？

「残念ながら、勇者アクファ、あなたの帰りは遅くなりそうですねぇ」

騎士エリゼの言葉が続くが、焦る俺の頭には入ってこなかった……。

「やりましたよ、フィーグさん。あなたのおかげで、勇者アクファを追い詰めることができます
……！」

第十八話　竜種

　さて、スカウトの時間だ。

　エリシスが俺のパーティに加入してくれたらありがたいが、来てくれるだろうか？

　俺はドキドキしながらも、エリシスに聞く。

「エリシス、俺たちのパーティの一員になってもらえると嬉しい。どうかな？」

　リリアもうん、と頷きながら後押しをしてくれた。

「【全体大回復】はすごいです。私からもお願いしたいです」

「エリシスは前衛と回復役を兼務できそうだ。もし君が探しているものがあるなら、俺たちも手伝おう」

　エリシスは、両手を胸の前で組み、瞳を潤ませて口を開いた。

　さて……ＹＥＳかＮＯか……？

「……はい。わたくしも、是非フィーグさんとご一緒できればと思います。こちらこそ、よろしくお願いします」

　迷った様子もなく、即決だった。俺は拍子抜けをしてしまう。

「いいの？　誘っておいてなんだけど、そんなにあっさり決めて。もう少し考えてもらってからでも構わないよ」

「ありがとうございます。私は、必要としてくださる方の傍《そば》にいたいと思っています。ありのままを受け入れてくださる方のもとに」

ありのままか。

最初はどうなるかと思ったけど、彼女は戦闘中、絶好のタイミングで全体回復魔法を行使していた。むしろ前線にいる分、戦いの状況が把握できて、味方のピンチを把握できる、かもしれない。

「ありがとう、よろしくな」

俺が手を差し出すと、エリシスは握り返してくれた。

無骨な釘バット《ヒャッハー》を持っている割に、しなやかで柔らかい手のひらをしていた。

「もし私が再び暴走したら、フィーグさんが止めてくださるのでしょうね？」

「もちろん。でも、しょっちゅう暴走されても困る。最初会ったときの口調というか暴言はヤバかったぞ」

「あ、あれはぁ……本来の私の姿ではなくって……たぶん」

エリシスは思い出したのか、顔を真っ赤に染め恥ずかしがっている。

最初に会ったときのアレは本当にスキル暴走の結果なのだろうか？　素ではないだろうか？

俺は疑ってしまう。すまん、エリシス。

エリシスは、俺を見上げて続ける。

「スキル以外のことも沢山の教えをフィーグさんは与えてくださいました。私にとって神のような存在です」

「か、神？　何を言い出すんだ？」

「神以上の存在です。是非、お仕えさせていただければ」

「いや、俺はただのスキル整備士だ」

エリシスは、短くなった釘バットを大事そうに抱えつつ、俺にひざまずき、祈りを捧げるような仕草をした。

なんだこれは……俺はいったいどうしたらいい？

「ああ……フィーグ様。お仕えできて光栄です」

「ちょっ、は、恥ずかしいから」

エリシスの手を取り強引に立たせる。

「あっ？　そんな……」

「ふぅ。と、とりあえず、その釘バットというか釘棍棒《スパイクメイス》の修理は必要だな。ダンジョンの下層に降りたら敵が強くなるだろうし」

俺は、そう言ってダンジョンの奥を見つめた。降りる階段があり、壁には竜のエンブレムが描かれている。

どこかで見たようなエンブレムだ。思い出した。あの竜は……アヤメが普段着ている魔法学園の制服に付いていたものだ。

確かあの制服にも竜の紋章があったはず。この世界の創世神話に出てくる、伝説の竜とされている。

でも、なぜ、こんなところに魔法学園の紋章が？　帰ったらアヤメに聞いてみるか。

どっちにしても、一旦ダンジョンの探索は後回しだ。

武器も直さないといけないし、そもそもエリシスには先に解決したい問題がある。

「そうそう、フェルトマン伯爵のことだけど」

その名前を出すと、エリシスの表情が曇った。

しかしフェルトマン伯爵の依頼を受けている以上、キチンと決着を付ける必要があるだろう。パーティに心置きなく加入してもらうために。

俺は簡単に依頼の内容を説明する。

「フェルトマン伯爵が……私を探しているのですか？」

「ああ。会いたいそうだ」

「そうですか。彼は、私を婚約破棄をしてまで捨てたのです。治癒の能力が『足りない』と。彼の経営する診療所で役に立たないと言われました」

「じゃあ君はそのためにこのダンジョンへ来たのか？」

「はい。どうしてもあの男を見返してやりたくて。スキルの強化を行いたいと思っていました」

エリシスが簡単に事情を説明してくれた。

彼女は貴族の出身で爵位は男爵。彼女の意思と関係なく、政略的な形でフェルトマン伯爵との婚約が決まったのだそうだ。

少し後に、両親が事故で他界。エリシスの両親が経営していた診療所はフェルトマン伯爵が引き継ぐことになった。

その診療所にエリシスが通い、患者の治療をしていたのだが……。

『役立たずなお前ではなく、聖女を妻に迎える。お前は用なしだ、出ていけ！』

エリシスは、両親の形見でもある診療所に戻りたい一心で、スキル向上を目指した。

「彼に認められようと……診療所で役に立てるように、頑張っていたのですが」

伯爵は相当にエリシスを追い詰めていたのでは？

やや心配になったけど、思いのほかエリシスの顔は晴れやかだった。

うっとりした表情で、熱を持った声で言う。

「神であるフィーグ様に出会い、私の考えは変わってしまいました。伯爵に従う価値があるとは思えません」

「そうか。まあ会いたくないなら、俺だけでフェルトマンと話をしてもいい。あと俺は神じゃないから」

「いいえ。はっきり、私の想いを伝えるいい機会なのかもしれません。私は神、フィーグ様に仕えると」

「いや、だからね……神ジャナイカラネ」

俺たちは、フェルトマン伯爵と話をするため、王都に向かうことにした。
・アクファたち勇者パーティの面々と会う可能性があるが、気にしてはいられない。
エリシスのために問題を片付けてしまおう。とっとと終わらせて、このダンジョンの攻略を続けたい。

「じゃあ、俺の【次元飛翔】を使って王都に向かおう」

「「はい！」」

あれ？

俺は何か、重要なことを忘れているのでは……？

ダンジョンの外に出ると、すっかり日が暮れている。

月明かりが俺たちを照らす。

多少遅くなっても今日中に王都まで移動したい。

俺は早速リリアとエリシスを両腕に抱いて叫ぶ。

「あ、あの、フィーグ様？　これはいったい？」

「エリシスさん、大丈夫ですよ～」

「い、いえ、急にどうしたのかと思いまして……でも神に抱きしめてもらえるなんて」

エリシスは口元をふにゃりとさせて顔を紅潮させて言った。

「スキル【次元飛翔】、起動！」

……。

ん？　どうした？　何も起きない。

《スキル【次元飛翔】は……聖女のスキルをメンテして上書きされたため、ありません。はぁ……》

溜息が聞こえたような？　気のせいだろうけど。

うっかりしていた。他人のスキルを一時的に俺に保存できるけど、それは一個だけだ。エリシスのスキルを整備したとき、【次元飛翔】は消えてしまった。

不安げな顔をしてリリアが言う。

「フィーグさん、あの、どうかされました？」

「あ、ああ……【次元飛翔】はもうなくなっていた。王都まで移動する手段を考えないと」

俺は肩を落とし、抱きかかえていた二人を離す。

すると、何かを閃いたエリシスが提案してくる。

「あの、私のスキル【関】で、みんなで王都まで走るってどうでしょう？」

随分体育会系のノリだな。

「王都まで走る？　馬車で一週間の距離があるよ……確かに睡眠も取らず走り続けられるかもしれないけど」

「はい。みんなで頑張れば怖くありません！」

「でもそれってさ、噂に聞く『死の行軍《デスマーチ》』そのままじゃないか？」

死の行軍。死ぬまでひたすらに労働を強いられる職場があるという。

「ええっと、私ここに来る途中まで馬車で、降りた後は走ってここまで来たので……」

「エリシス……」

君って脳筋なの？　と言おうとしてやめておいた。

汚い言葉で障害物に文句を言いながら、ひたすら爆走するエリシスを想像してしまう。――根性があるよなぁ。

エリシスを見ると、わくわく、みたいな表情をしている。

「いや、走らないから」

「そうですか……」

などと残念そうな表情をしているエリシスと話していると、何か上空から気配を感じた。

バサッ……バサッ。

何かが羽ばたくような音が聞こえる。

「何？　ド、ドラゴン……のように見えます。フィーグさん」

「くっ……みんなダンジョンに戻れ！」

竜《ドラゴン》。世界でも最上位級の存在で強大な力を持つ。俺が勇者パーティ所属時に遭遇したのは、邪悪な竜ばかりだった。

本来、人里離れた厳しい自然の中にしかいないが、稀に人が住む場所に現れ害をもたらす。

黒竜《ブラックドラゴン》は酸性の液体、赤竜《レッドドラゴン》は炎、青竜《ブルードラゴン》は稲妻、白竜《ホワイトドラゴン》は吹雪。

それぞれの特色を持つ竜の息《ドラゴンブレス》が非常に厄介だ。牙や爪の攻撃もしゃれにならない。

今、このメンバーで戦って勝てる相手か？　そもそもどうしてここに竜がいるんだ……？

もしかして、あの竜の紋章と関係があるのか？

俺は竜の種類を知ろうと振り返った。ブレスの種類がわかれば、対策が打てるかもしれない。

向かってくるドラゴンの色は……。

「銀竜《シルバードラゴン》……だと？」

さっきは真下で影しか見えなかったが、今はその肌の色がわかる。月明かりに照らされ、美しく輝いている。

金属系色《メタリックカラー》の肌を持つ竜は善竜と呼ばれていて、邪竜より強い。

最上位は金竜《ゴールドドラゴン》だ。その次に銀竜、赤銅竜《カッパードラゴン》と続く。珍しい存在で実在すら疑われていたのに……どうしてこんなところに？

しかし、このことは俺たちにとって運がいい。

善竜は、いきなり襲ってきたり無意味な殺傷は行わないはずだ。

この状況で俺たちを攻撃するつもりなら、既に高速で接近しブレスなり爪でなぎ払われていただろう。

交渉ができるかもしれない。俺が足を止めると、リリアとエリシスも立ち止まった。

「フィーグさん！　どうされました？」

「あ、ああ……ひょっとしたら、話が通じる相手かもしれない」

俺が立ち止まると、そのすぐ傍に銀竜が着陸した。

ふわっと羽ばたき、少しフラつきながらも着地をする。

うん？　着陸が下手なのか？

胴体の大きさは、馬車より少し大きいくらいか、人が数人背中に乗れるくらいの大きさ。羽を伸ばせば馬車を数台並べた幅になるだろう。

今まで俺が見てきた邪竜よりサイズが小さい。体も丸っこいので可愛いらしさもある。

まだ若い竜……本当に稀少ではないだろうか？

「ん？　背中に誰か乗っている？」

銀竜の背から飛び降りたのは、なんとアヤメだった。

「お兄ちゃん！　みつけたの！」

魔法学園の制服を着ている。アヤメはそのまま俺に突撃して抱きついてきた。

「アヤメ、どうしてここに？」

「フレッドさんから、伝言と、帰る手段ないかもって言われて急いで来たの！」

「じゃあもしかして、あの銀竜は？」

「うん、キラナなの！　すごく頑張ったから、褒めてあげて！」

スキル【竜化】を解除し人間の姿になったキラナが俺に突撃してくる。

「パパぁ！　キラナね、がんばったよ！　パパがつかえるようにしてくれた【竜化】もれんしゅうしたし、【次元飛翔】も、れんしゅうしてね、それでね……！」

嬉しそうにしゃべり出し、止まらないキラナ。俺はしばらく彼女の話を聞いた。

「すごいな、キラナは」

俺は彼女の頭を撫でると、キラナは気持ち良さそうに目を細めた。

「でもな、キラナ……とりあえず服着ような」

「うん！」

一方のエリシスは目を丸くして俺たちの様子を見つめている。

「今、フィーグ様をパパって……？　パパ？」

アヤメとキラナは、夕方から移動を始めたそうだ。

キラナは疲れを見せていない。竜化とはすごいものだな、と感心する。

「じゃあ、【次元飛翔】で王都まで一緒に行こうか？」

「うん、パパ！」

キラナは、竜化して俺以外が背中に乗る。俺はキラナと手を繋いだ。

キラナの竜化した手の甲は鱗に覆われていて、爪はまだ短い。手のひらは肉球があり可愛らしい。

「スキル【次元飛翔】起動！」

「きどう～！」

俺の背中から光の羽が伸び、飛び立った。地面があっという間に遠ざかっていく。

素晴らしい速度で暗闇を切り裂いて飛んでいく。パンパンと俺たちの後ろから衝撃波が広がっていく。

「パパととんでいるよ！　ひとりよりはやい！」

俺が手を繋ぎサポートする。すると、

《キラナの【次元飛翔】LVが10から22に上昇しました》

キラナがコツをつかみ、彼女のスキルレベルがどんどん上昇している。

「すごい、すごい！」

「ちょっ……背中に人を乗せているの忘れないようにね」

「うん！」

リリアたちは風を受けないように乗っているものの、キラナがはしゃいで一回転したため目を回しているようだ。

「「「きゃあああああああ！！！！」」」

リリアとエリシス、そしてアヤメが空気を切り裂くような声を発している。きっと彼女らも楽しいのだろう。

俺がサポートした結果、ほぼ一時間程度で王都まで辿り着いたのだった。

きゃっ、きゃっと喜ぶキラナと共に、俺たちは王都の近郊に向かう。小さいとはいえ銀竜が王都に現れたら大変な騒ぎになるだろう。

見張りに見つからないように低空で飛行し、着陸。

「パパぁ、とてもたのしかった！　もっと、じょうずにとべるようにがんばるね！」

「うん。また一緒に飛ぼうな」

「うん！」

リリアとアヤメは目を回してしまっていたが、エリシスは割と平気なようだった。

俺たちは王都近郊のやや高めの宿を取る。

俺だけ別の部屋にしようと思ったのだが……なぜか、みんなから責められ、同じ部屋に泊まることにされてしまった。

さて、いよいよエリシスを婚約破棄し追い出した、フェルトマン伯爵と対決だ。

今日はゆっくりと休もう。

第十九話　夜会

部屋はとても広く、すごく高級そうな家具がある。ベッドは天蓋があるすごく大きいサイズのが二つ。ソファーやテーブルも十分に大きい。

俺たちは料理を運んでもらって、みんなで少し遅い晩ご飯を食べている。

「ちょ、ちょっとリリアさん、私のお皿にお肉追加するの、もうやめてもらっていいですか？」

「私はもう食べられないので、これも食べてくださいね」

「う……うう……ああ……神よ……フィーグ様よ……食べ過ぎの私をお許しください」

もう俺はいちいちツッコんでいられないので、エリシスの神発言はスルーすることにした。

「リリアさん、いらないなら、あたしがもらいますの」

「……アヤメさんってすごくたくさん食べるのですね」

「あたしお腹ペコペコなの」

なんだかわちゃわちゃしている。

こんな大人数で夕食をとれば、まあこうなるか……そう思っていると、隣に座っているキラナが俺を見ていた。

「パパぁ、どうして難しい顔してるの？」

気が付くと他のみんなも俺の顔を見ている。

「お兄ちゃん具合悪いの?」

「フィーグさん……心配事があるのですか?」

俺はふう、と息をついて席を立つ。

「いや、ちょっと明日のことでね」

エリシスを見ると、少し食べ過ぎたみたいで大きくなったお腹を押さえて静かにしている。

俺は考えをまとめると一人で部屋を出た。王都のフェルトマン伯爵に連絡を取るために。

いい宿屋なので通信用の魔道具があり、姿は見えないが、話をすることができる。

フェルトマン伯爵が連絡を要求してきたのはエリシス探索の進捗が聞きたいからだろう。

ただ、いきなりエリシスを引き合わせる気にならなかった。婚約破棄の件を聞いていて不安を感じたからだ。

「フィーグ殿、神官エリシスの居場所はわかったのか?」

簡単に挨拶をした後、すぐにフェルトマン伯爵は本題を切り出した。

ここは慎重に交渉を進める。

「発見しました。ただ、彼女は少々体調を崩しておりまして、少し時間をいただければと思います」

「たかだか一神官の体調など悪くても問題なかろう。私が来いと言っているのだ。明日、夜会があり、我が家に仕える神官だと皆に紹介したい。エリシス一人でも来れるだろう? そのまま、診療所に復帰してもらうつもりだ」

夜会にエリシス一人で行く? そんなことしたら……どんな仕打ちをされることやら。

「……わかりました。では、会場を教えてください。私がお連れします」

「フン、くれぐれも身だしなみと礼節に気をつけろ。フィーグだったか？　参加者のリストに入れておこう。もし間に合わなければ、クエストは失敗とさせていただく」

フェルマン伯爵は吐き捨てるように言って通信を切った。横柄な態度が鼻につく。

何より、エリシスの体調を気遣う様子が少しもない。俺だけで話して正解だった。

エリシスは俺たちのパーティの一員だ。地獄とわかっている場所に一人で行かすわけにはいかない。

いや、なんなら俺だけ行って全て終わらせてもいい。

俺は、食事をしているみんなのところに戻った。

エリシスは、せっかく可愛らしい神官着を身につけているのに、ぽよんと膨らんだ腹が思いっきり出ていた。

食べ過ぎだよこれ。しかも、まだ食べている。

「もぐもぐ……うーん……ぐるじい……」

「あーエリシス。食事中悪いけどちょっと話がある」

「フィーグ様……なんでしょう？」

俺が話しかけると、ピシッと背筋を伸ばすエリシス。腹はたるんでいるけど。

「フェルトマン伯爵は夜会に来て欲しいと言っていた。どうする？　明日、ドレスが入らなくなりそうだし、やめておくか？　俺だけが行ってこようか？」

俺は簡単にエリシスにフェルトマン伯爵との会話の内容を伝える。

「なるほど……婚約破棄しておいて……仕事は別だと、診療所に戻ってこいとそういうことなのでしょうね。それと合わせて、私への婚約破棄のことを公にするつもりなのでしょう」

「そんなことするのか？」

「ええ。彼のことはわかります。少し接するだけでもその性格の悪さがわかります。今思えば、私はどうして伯爵の言われるままに従っていたのか……後悔しています」

「性格の悪さについては同感だな」

「私の目を覚ましてくれたのは、フィーグ様です。ご迷惑はおかけしません。私からビシッと言いたいと思います。戻るつもりはないと、婚約破棄をしたのはそちらですよね、と」

「やる気満々なのはいいけど、ほどほどにね」

エリシスは膨れたお腹を押さえつつ、ふんすと鼻息も荒く短いままの釘バットを握った。

その瞳には炎が宿っていて……殺《や》る気満々に見える。

いや、君……聖女だよね……？　せめて聖女らしくお淑やかにしよ？

夜会の会場には釘バットを持って行けないからね？

翌日、俺たちはエリシスのドレスと俺の着るスーツを揃えた。その後は、適当に王都をぶらつく。

そして夜になり、俺とエリシスはフェルトマン伯爵がいる夜会会場に足を踏み入れたのだった。

フェルトマン伯爵から要請があった夜会が行われる館。

大きな館だ。街からは少し離れている郊外にある。夜会の会場がある館と、宿泊ができる宿屋のような館と二つが塀に囲われている。

その二つの館の間、中央には美しく手入れされた庭がある。

俺とエリシスは二人だけでこの会場にやってきた。

俺たちは館に着き名を告げると、控え室に通される。

「あの……他の方は大丈夫でしょうか？」

「アヤメはしっかりしているし、リリアとキラナの面倒くらい見られるよ」

「それもありますが、その、もし夜盗などに襲われたら？」

「うーん、高級宿だから警備は厚いだろうし、アヤメもリリアも強い。キラナも自分の身くらい守れると思う」

エリシスは納得していないようだ。

銀竜の姿を万が一心ない者に見られていたら、捕らえられ、酷いことをされるのではないかと心配している。

とはいえ、竜の状態で【炎の息】を使ったらどうなるのだろう？

ただでさえＬＶ90だ。巨人《ジャイアント》でもあっさり丸焼きにしてしまうのでは？　いや、それどころか辺り一帯が灰になる恐れだってある。

一応、街中では自制するようにと伝えているし、キラナは賢い子なので大丈夫だろう。

とはいえ、身の危険を感じたら……。愚か者が、彼女らを攻撃しないことを切に願った。

「エリシスはやっぱり貴族なんだな。そのドレス似合っているよ」

「フィーグ様もとてもお似合いだと思います」

エリシスは少し地味目とはいえ、それっぽい貴族が着るようなドレスを身につけている。

俺は、少なくとも夜会に来ておかしくない程度のスーツを昼間に用意した。

「フィーグ様と二人だけというのは緊張しますね」

「そうか？　それなら俺は廊下で待っていようか？」

「いえ、大丈夫です。ここにいてください」

などと話していると、コンコンとドアをノックする音が聞こえ、呼び出される。

「では、夜会の準備ができました。エリシス様、こちらへ」

あれっ？

夜会の前にフェルトマン伯爵に引き合わせるものだと思っていたのだが……そのまま夜会が始まってしまったのだった。

夜会会場に通される。ここは貴族の社交場。

部屋の入口側はテーブルがいくつかあり、飲み物や食事が用意されている。

かなり広い部屋で、絨毯もふかふか。壁には絵画や紋章旗がぶら下がっている。

奥のほうは広い空間があり、既に踊っている男女がいる。

豪華絢爛、着ている服も身につけている装飾品も、どれもこれもギラギラしているように見える。

俺はこんな世界に慣れていないので目がくらくらしてくる。

エリシスは壁際に立っていた。周りの令嬢は次々に男性に声をかけられ、踊り始める。

しかし、エリシスには誰も声をかけようとしなかった。

「あの女……あれか……声をかけてはいけないって聞いているが」

ふと、エリシスを見つめつつそんな声を発する者がいる。

ニヤニヤした下卑た視線を送る者がいる。

「フィーグ様。私はどうやら歓迎されていないようですね」

「確かに、嫌な視線を感じるな」

眉を下げ口をつぐむエリシス。楽しそうに踊る男女を、エリシスは目で追っている。

うず、うず、としているみたいだ。でも、相手が現れない。

伯爵の差し金なのか、貴族の男たちはみんなエリシスを無視していた。

壁の花になってしまうエリシス。そして、その様子を嘲笑うように見つめる令嬢たち。どうやらエリシスに恥をかかせるのがこの夜会の目的らしい。

俺はそんな周囲の様子にイラッとした。

「あら……婚約破棄をされたエリシスさんでしたっけ？　それに……」

ド派手なドレスを身に纏った女性が俺たちに近づいてきた。

俺は思わず溜息をつく。現れたのは、聖女デリラ。勇者パーティの一員だ。

「あ、ああ……久しぶり」

「フィーグ、こんなところで出会えるなんて奇遇ね！」

「そ、そうだな」

俺は今すぐ逃げ出したい衝動に駆られる。

もう関係はないとはいえ、この人は苦手だ。やたら誘惑してくるし、なんだかんだ雑用を押しつけられてきた。

あたりを見渡す。一番会いたくないのは勇者アクファだ。だが、姿が見えないことに俺はほっと一息つく。

「フィーグ、こんな女より私と踊りませんこと？　久しぶりの再会を祝って。踊れなくても、私がサポートするわ」

聖女デリラは手を差し出せと指図する。

やっぱり苦手だ。断ると色々面倒なことになりそうだ。しかし、エリシスに「こんな女」とバカにするような目つきで言ったことに、俺の口が勝手に動き出す。

「すみません、聖女デリラ。残念ながら俺は、聖女エリシスと一緒に踊りたいと思います」

その言葉に、聖女デリラはピクッと眉を動かす。明らかに動揺していた。

「なんですって？　この女が聖女ですって？　それに、私を選ばないとどういうことになるのか、わかってるのっ？」

前に何度も受けた恫喝だ。以前は勇者パーティに縋っていたし、勇者アクファに色々言われるのが嫌で従ってきた。

しかし、俺の口は止まらない。

「選ばなければ、どうなるんですか？　俺はもう勇者パーティの一員ではありません」

「だから、勇者パーティに戻れるように私が手助けを」

「いりません。それに、俺にとっては聖女エリシスのほうが大切です」

聖女デリラが怯む。

「なっ。だいたい、庶民のフィーグがダンスを踊れると思っているわけ？　私ならサポートできるのに、その女はできるって言うの？」

怒り狂う聖女デリラ。俺はいつまでも、従うだけの人間ではない！

俺は、ぷしゅーっと湯気を立てるように怒り出す聖女デリラに背を向ける。

そしてエリシスを見て、改めて手を差し出した。

「俺と、踊っていただけませんか？」

「えっ？　しかしフィーグ様は」

エリシスは何か言いかけて、留まった。そして少しうつむく。言いたいことはわかる。

庶民出の俺が貴族が行うようなダンスなど踊れるはずがない。

俺は心配そうな表情をしているエリシスに、ニッと笑顔を見せた。心配するな、そう想いを込めて。

すると、彼女は戸惑いながらも俺を見上げてくる。エリシスは俺の表情を読み取り、少し口角を上げた。

「そうですね。フィーグ様は偉大なる神でしたね」

今だけは咎めない。パーティメンバーが前を向いてくれるなら、顔を上げてくれるなら、俺は何にだってなろう。

エリシスは俺の差し出した手を取ってくれた。

「フィーグ様、お誘いいただき、ありがとうございます。喜んで、お受けいたします」

エリシスの可愛らしい笑顔が戻ったことを確認すると、俺はスキルを起動した。

《スキル整備を起動します。エリシスの特技スキルを診断します》

《特技スキル、【貴族：舞踏】を整備します。成功しました。魔改造しますか？》

「YES！」

《以前整備したことがある王族たる者の能力、および、エリシスの特性を加え魔改造します。成功。

舞踏は、【王族：前衛舞踏《コンテンポラリー・ダンス》】に魔改造されました》

おかしいな。今まで王族のスキル整備はしたことがないんだけどな。まあいいか。

俺は、エリシスの手を引き、颯爽と広く空いた舞台の中央に躍り出た。後ろで聖女デリラが、なにやらわめいている。

でも、俺にとってそれは、どうでもいいことだった。

俺は【王族：前衛舞踏】をエリシスに上書きする。

「あっ……んんッ……これは？」

「元々は君のスキルだ。さあ、行こう！」

俺は一歩踏み出しエリシスをリードする。

「はい！」

二人で同じ方向に駆け出した。時に穏やかに、時に激しく。

息がぴったり合ったそのダンスに、次第に周囲の目が集まってくる。

エリシスの姿は美しく、とても釘バットを振り回し、激しい言葉を振りまく女性とは思えない。しなやかさ、振る舞い、所作。やっぱエリシスは貴族令嬢なのだと思い知る。

知性と気品に溢れる素敵な令嬢なのだと思う。

でも、この踊りは激しい。周りの貴族たちが音楽に合わせているのに対し、この踊りはどちらかというと攻めて、音楽を引っ張る印象だ。

「エリシス、周りで踊っている人のとちょっと違うような？」

俺が問いかけると、エリシスの瞳は潤んでいた。今にも泣き出しそうなのを、歯を食いしばり堪えている。

足を踏んだわけでもないのに、どうしたんだ？

「はい……お父様とお母様が……教えてくださった……。それが完璧に……うっとりするような気品や、しなやかさも備えていて、まるで……両親の姿を私たちがなぞっているような……」

「ご両親の遺してくれたものが、エリシスの中にスキルとして残っていたんだ。同じものが今、俺の中にもある」

「かつて、お父様とお母様がこうやって踊っていらしたのですね」

「うん。きっと、そうだよ」

「……フィーグ様。この授けてくださったダンスのスキル、素晴らしいです。大切にしますね」

笑顔を取り戻したエリシスと、周りの男女ペアの隙間を縫うように足を進める。

時々エリシスの腰を持ち、高く掲げたり、くるりと回ったりする。

――なるほど。エリシスの底知れぬ根性は、このダンスが元になっているのかもしれない。

「ああ……曲が終わってしまう」

エリシスは名残惜しそうにしつつも、ラストのステップを決めた。

ふう、と俺は一息をついた。同時に、わあっと歓声が上がる。

周囲の人たちが、俺たちに向かって拍手を送ってくれていた。

部屋の最奥には楽器を持っている人たちがいたのだが、その代表のような人も何か言葉を発しながら、拍手をくれていた。

注目されていたのは、エリシスなのだろう。正直なところ、彼女は貴族社会にいたほうが輝けるのではないだろうか？

そう思うほどに、気品に溢れているように思う。こんな彼女が釘バット？　本当に？

「あの二人、すごかったな……あのダンスは新しい。情熱的で新鮮だった」

「可愛らしいし、お淑やかで……エリシスという名前なのか？　妻にしたいところだけど、あれほどのダンスだ。私には無理だ」

概ね、漏れ聞こえる声は好評のようだ。一部、忌々しい顔で俺たちを見ている者もいるようだが、気にするほどでもない。

再び音楽が流れ、一時中断したダンスが始まる。

俺とエリシスは、壁際に寄り一息ついた。

「ふいーっ。少し疲れた」

「そうですか？　私はまだまだ大丈夫です」

「エリシスはすごいな。どこにそんな体力があるんだ？」

などとエリシスと話していると、

「やあやあ、エリシス。久しぶりだね」

苦虫を噛みつぶしたような表情で、一人の貴族令息が現れた。

「フィーグ様、この人がフェルトマン伯爵です」

小声でエリシスが教えてくれる。そうか、これが依頼主か。やや小太りで、それを豪華な服で隠そうとしているように見える。

三〇代後半から四〇代前半くらいだろうか？　もっと若いと思っていた。なんせ、一六歳のエリシスと婚約するくらいだから。貴族間ではよくある話なのかもしれない。

見た目で判断してはいけないとはいえ、その悪辣なオーラにいい印象を俺は持てない。

そこに聖女デリラが参入してきた。

「あっ」

「あっじゃないわよ。フィーグ。勇者パーティの雑用から逃げられると思っているの？」

そうだ、俺をさんざんこき使っていた聖女デリラ。彼女は口撃を止めない。

「だいたい、何この女？　貧相な体をして。本当に聖女なのかしら？　どちらにしても、私のほうが上よ。そんな女より私がいいでしょう？」

確かに聖女デリラの体は豊満と言ってもいいかもしれない。

それにくらべると控えめではあるが俺には貧相だとは思えない。

「おいおい、聖女デリラ、婚約者の私の前で他の男を誘惑か？」

フェルトマン伯爵がわざとらしく言う。

「フィーグは勇者パーティの雑用係として必要なの」

「こいつがフィーグか。もう帰っていいぞ。クエストは終わりだ。それで、エリシス、わがもとに戻ってこい。能力が不足しているとはいえ、診療所で飼ってやることはできる」

その言葉を聞いたエリシスは俺の手を握ってきた。俺はそっと握り返す。

「診療所はそちらの聖女様に行っていただけばよろしいのでは？」

先ほどまでのお淑やかさはどこかに消え、エリシスの声に棘を感じる。

暴走しなければいいけど。

願わくば、エリシスの拳がフェルトマン伯爵のアゴに炸裂しませんように……。

ああ、釘バットを置いてきて良かった。

「聖女デリラには新しい役目があるからな。そもそも、診療所で働くなんぞ、聖女殿にやらせるわけにはいかないだろう？」

「フェルトマン伯爵、あなたが別の聖女に任せると言ったのでは？」

恐らく、診療所での治療という地味な仕事を、聖女デリラが好まなかったのだ。だから、エリシスを取り戻そうとしている。

「ああ言えばこういう……口だけの使えない女が何を言う？　男か？　そうだその男だな？　私とい

うものがありながら、他の男にうつつを抜かすとは」

何言ってんだコイツ？　婚約破棄しておきながら、まだエリシスが自分に従うと思っているのだろうか？

フェルトマン伯爵が続ける。

「ふん。まあ、今のうちだ。私に……このフェルトマン伯爵に逆らっていられるのは。どうせすぐ従うようになる」

妙な自信を見せるこの男、何かするつもりなのか？

フェルトマン伯爵は、俺たちに背を向けた。

「ん？」

何か様子がおかしい。フェルトマン伯爵は、聖女デリラを引っ張るようにして部屋の中央に歩いていった。

「なっ、何よ？」

聖女デリラは戸惑いの表情を見せている。フェルトマン伯爵はお構いなしだが。

「皆さん、お楽しみのところ申し訳ありません。私のほうから報告がございます」

ざわっとする貴族の面々。俺とエリシスは顔を見合わせる。

「いったい何が始まるのです？」

「わからないけど、何か嫌な予感がする」

フェルトマン伯爵は部屋の中央で声を張り上げて言った。

「報告が遅れましたが、先日、エリシスという女と婚約破棄をしました」

これは夜会など人が集まっているときに婚約破棄を宣言する「婚約破棄イベント」か？　何かの本で読んだことがあるぞ。

ざわっとする会場。視線がエリシスに集まった。

だけど、次の言葉に再びフェルトマン伯爵に視線が戻る。

「さて先日、こちらの聖女デリラ殿と婚約をさせていただきました」

ここまではよくある話だ。だが……。

「そして、本日、結婚するとの意思を王宮に伝えまして、即日認められたため、私たちは晴れて夫婦となりました」

ふうと、エリシスは息をつく。エリシスにとって、フェルトマン伯爵はもうどうでもいい存在なのだろう。

婚約破棄発言に、一瞬しんと静まり返った貴族たちだったが結婚の報告に少し穏やかな空気になった。

しかし、意外な反応を示す女性が一人いた。

「えっ？」

聖女デリラだ。なぜか、びっくりした表情で顔を歪めている。

当事者である聖女デリラが、どうしてそんな反応をするんだ？

「「「えっ？」」」

聖女デリラが驚くのを見て、ざわつく会場。

俺とエリシスは顔を見合わせ首をかしげる。

フェルトマン伯爵の周囲に黒いモヤが見える。俺にはそれが、いいものにはどうしても思えなかった。

第二十話 待ちぼうけ組

フィーグとエリシスが夜会に参加している館の近くにある、とある高級宿屋。

その一室で、リリア、アヤメ、キラナはじっとフィーグの帰りを待っていた。

「ねえ、リリアぁ、パパはいつ帰ってくるの？」

キラナは目をらんらんとさせてリリアに聞く。普段ならキラナは眠くなっている時間だろうに、今は元気だ。

昼は王都でフィーグと一緒に買いものをしてはしゃいでいた。そのテンションは維持されている。

「どうでしょう？」

まだまだ夜会は始まったばかりだろう。

「あと一時間くらい？」

「えー。待てないよぅ」

わがままを言い出すキラナ。

ここで、年長のリリアがびしっと言うべきだが、リリアもフィーグと会いたい気持ちが強かった。

ふう、と溜息をついて答えるリリア。

「フィーグさんは待っていてと言っていたし……私も我慢しているんだからキラナちゃんも我慢してね」

「あそこにいるの？」

リリアの言葉を意に介さないような様子で、キラナは窓の外を指さした。

「うん」

「じゃあ、とんでいったら会えるかな？」

「うーん、そうかも？　キラナちゃんなら高い塀を簡単に越えられそう――」

「コラ。お兄ちゃんの言いつけを守らないといけないの！」

アヤメは腰に手を当てて言った。

「「ええー」」

キラナとリリアは口を尖らせて言う。

子供だ……リリアさんがキラナに引っ張られて退行している。アヤメは思う。

「リリアのほうがすごーく歳上のハズなの……なのに、なぜあたしがお母さんみたいなことしてんの……」

と言いつつも、アヤメもあの館に行って、兄であるフィーグの様子を見たくてたまらなかった。

適当な精霊を召喚して塀を跳び越えるか、門番の兵士を気絶させるか、眠らせれば……。

少し物騒な妄想にふけるアヤメ。

「そういえばアヤメさんはどうして、制服を着ているんですか？　今日、昼に服をたくさん買ったのに」

「えっとね、それは……学校の……外でも制服の着用が義務付けられている……からなの」

「えっ、大変ですね」

昨日の晩は、アヤメさん夜着を着ていたような？　リリアは思う。

アヤメの制服は防衛のエンチャントがかけられている。何か荒っぽいことが起きたときにも、駆けつけて戦うことができる。

「リリアさんは、どうして革鎧《レザーアーマー》を身につけているの？」

「こ、これは……」

「まあ……いいの」

聞くまでもない。同じことをみんなが考えている。

リリアは夜会会場の館に駆けつけ、革鎧にかけられているエンチャント【探索者《サーチャー》】を使うつもりでいた。

フィーグは、広い館であろうともすぐ見つかるだろう。

三人とも、戦っていた。

フィーグの言いつけを守るVSフィーグに会いに行く。

とりあえず今のところは、三人とも均衡を見せている。

しかし何かあれば、その均衡があっという間に崩れるのは容易に察することができる。

「「何か起きないかなぁ」」

みんなが一斉に溜息をつく。

「あのね……キラナはさんぽにいきたいの」

一番先に欲望に負けたのはキラナだ。

散歩などしても、あまり楽しそうではない。日が暮れて外は真っ暗になっている。

しかも、ここは王都の郊外なので人通りが多いわけではなくやや物騒だ。

それでも、三人の戦いの均衡を崩すのに、キラナの提案は最適なものだった。

「ソ、ソウデスネ！　散歩ハ私モ、スキデス」

「うん、お兄ちゃんは待っていてと言っていたから、散歩しながら待っていればいいの。行こう、散歩に‼」

「わーい‼」

もはや彼女らを止める者は誰もいない。

リリアとアヤメは、間にキラナを挟んで手を繋ぎ館《やかた》に向かって歩いていた。道は暗かったものの、大した距離ではない。

「おさんぽたのしいなー」

キラナは無邪気に笑っている。明るい声につられて、隣の二人も口元が緩んでいる。

フィーグが心配した「愚か者」も今のところ登場せず、三人はあっという間に館の前に着いた。

「門番がいるの」

「うん……やっぱり入れないよね」

館の周囲は高い塀で囲われており、中の様子もわからない。

ときおり、入り口の門を馬車が出入りしている。完全武装した騎士たちが警戒をしていて、通過する者たちへのチェックは厳重に行われている。リリアは周囲を見回した。

「ぐるっと塀を一周してみましょうか?」

「「うん!」」

こうして三人は歩き出す。しばらく歩くと、壁沿いに怪しげな人影が見えた。

「リリアさん、あれ……何しているのかな?」

「うーんなんでしょう? 怪しい感じなので……捕まえて門番に突き出せば中に入れたりしないでしょうか?」

「多分ムリだと思うの」

「ねえ、あれはわるいひと?」

リリアたちは見過ごせず、近づいてみることにした。どうやら二人いることがわかる。一人は人間の少女、もう一人は半透明の女性——精霊だ。

怪しい少女は精霊を四つん這いにさせ、踏み台にして塀を越えようとしている。とはいえ、ぜんぜん塀の上に届いていないが。

アヤメと同じくらいの年齢の少女で、精霊のほうは周囲に風を纏っている。さらに近づくと二人の会話が聞こえてきた。

「召喚主殿。さ、さすがに無理では?」

「いいから、そのまま、じっとしていなさい」

「はぁ……」

精霊は溜息をついている。リリアたちに気付いていない。どうやら、その者たちも塀を越え館を目指しているようだ。

はっとアヤメは息を飲むのをリリアは見逃さない。

「あの精霊……もしかして？」

「アヤメさん、知り合いですか？」

「たぶん。風属性の大精霊を連れている女の子なんて、そうそういないの」

アヤメは二人に話しかけた。

「ねえ、あなたたち。こんなところで何をしているの？」

「誰⁉」

少女は、びくっとして振り向きアヤメを見て、目をぱちくりとさせる。

「あ、アヤメ……い、いったいこんなところで何を？」

「それはこっちのセリフよ。もう……ティアったら風の大精霊《シルフィード》を踏み台にするなんて信じられない！」

アヤメは大げさに両手のひらを空に向け、ふるふると首を振った。

リリアがキラナの手を引き駆け寄ってくる。

「アヤメさん、こちらの方は？」

「ああ、この子はティア……魔法学園の同級生よ」

アヤメは互いに紹介する。

「皆様こんにちは。ティアと申します。ええと、アヤメ、こんなところで何やってるの？」

「はぁ……お兄ちゃんがいるから、中が見えないかなって思って」

「へえ、お兄さんが……って、ほんとに？」

アヤメはティアの問いに、心底面倒くさそうに言った。ティアは、何やら怪しげな呪術師のような姿をしている。露出高めで肌に文字が描かれている。

「どうでもいいでしょ。だいたい、ティア……あなたこそ何をしてるの。あなたなら、こんなコソコソしなくても堂々と入ればいいじゃない？　まあ、その格好はどうかと思うけど」

シルフィードは頷いて言った。

「そうなんですよ、今日はあの方に会えるからとはしゃいでしまって」

「ちょっ、シルフィード、言わないでよ」

ティアは恥ずかしそうに頬を染める。

「そんなことはどうでもいいの！　私もアヤメと同じで、中を覗きたいの。何か良い案はない？」

「あの方……って誰？」

「フィ……い、言わない！」

え？　フィーグお兄ちゃんのことじゃないよね？

まさかと思いつつ、アヤメは周囲を見渡した。

ここは、館の門の反対側で、周囲は薄暗く衛兵の目は届かない。

手っ取り早いのは、キラナに竜化してもらってひとっ飛びすること。とはいえかなり目立つだろうし、できればそうしたくないのだが。

「やあ。女の子が、こんなところで何しているんだい？」

アヤメが考えていると見るからにチンピラといった風情の男が二人、ニヤニヤと軽薄な笑みを浮かべて近づいていた。

一人は刺青を見せびらかすように半裸で、もう一人は、大きな剣を背負っている。

「こんな夜更けに女だけで何しているんだ？　ってへえ、なかなか上玉じゃねーか」

そう言っていやらしくリリアに視線を這わす男。

「マジか……ガキは放っておくとして、ふうん……お前は学生か？　二、三年したらさぞいい女になりそうだな。こんな時間に何してるんだ？」

「キャッ！」

男は、アヤメの腕を掴む。それを見て抗議をするティア。

「何するのよ！」

「へんちくりんなカッコをした女もいるが……こいつもなかなか」

「離して！」

アヤメが手を振り解こうとしたとき、男はチッと舌打ちをして腕をギリギリと締め上げた。そして、どんと突き飛ばす。

「痛っ」

アヤメは涙目で地面にしゃがみ込む。

「なあ、痛い目にあいたくなかったら、大人しくするんだ」

「アヤメママ……」

涙目でアヤメに駆け寄るキラナ。その瞳には、こぼれそうなくらいに涙が浮かんでいる。キラナはキッと男たちを睨んだ。

「アヤメママ……いじめた……」

「ん？　おいガキ、何か文句でもあんのか？」

刺青の男はキラナにさえ威嚇をする。その様子に、途端に焦り始めるアヤメ。

擦りむいた手のひらをキラナから隠した。

「大丈夫よ、キラナ……ちょっとビックリしただけだから。だからね……落ち着いて」

「アヤメママ……いじめた!!」

キラナの怒りは収まらない。瞳から涙がこぼれ落ちた。潤んだ瞳には、二人のチンピラが映っている。にっくき、アヤメを傷付けたチンピラの男たちが。

これはマズい。アヤメは咄嗟に後ろからキラナを抱き締める。大変なことになる前に、なんとかしなければと。

「大丈夫だから、ねっ、ほらあたしは大丈夫！」

しかし……。

「すぅっ」

キラナが息を大きく吸い込むのを聞いて、「あ、終わった……」と感じるアヤメ。

もうこうなると誰にも止められない。

フィーグが心配した「愚か者」が現れて、キラナの機嫌を損ねてしまった。

アヤメは聖職者ではないが……つい、祈りを捧げてしまう。

「ああ……この男たちが痛みを感じませんように……魂が救われますように――」

「ああん？　なんだぁ？」

チンピラの男は、アヤメたちのやり取りにイラつき声が大きくなる。

大きな息を吸ったキラナは、大きな声で叫ぶ。

「ばかあああああああああ！」

《スキル【極炎の息《ヘルファイア・ブレス》】LV90最大出力で起動》

同時に、その口元から真っ赤な燃えさかる炎が吐き出された。

「げっ！」

チンピラが驚くがもう遅い。吐き出された地獄色の炎は岩のような大きな塊となり、まっすぐ二人に向かっていく。

「うわあああああああっ！！！！！」

ぼーっとしていた風の大精霊が、ティアの指示を受けてスキルを起動する。

「【風の壁《ウインドウオール》】!!」

同時に、アヤメがとっさに後ろからキラナの体を抱き、空に向ける。

こうして、二人の力で炎の進行方向を変え、男二人とその背後の塀は直撃を免れた。

アヤメに抱えられたキラナが吐いた炎は天に向かって伸びて巨大な火柱となった。

ゴオオオオオオ！

凄まじい音と熱風が全員を襲う。

炎の柱はどんどん長くなり、その勢いは雲を突き抜けて天を焦がした。

「や、やっぱり【極炎の息】LV90は凄いの……さすが竜の息《ドラゴンブレス》」

ようやく炎を吐き終わったキラナが、振り向く。

「ああ……ママ……ごめんなさい……やっちゃった」

我に戻るキラナ。涙は引いたものの、口元はわなわなと震えている。

「い、いや、あの二人は生きているし、ちょうどいいお仕置きだったわ。でも、今度からは手加減してね」

「うん、ママ」

ティアは口をあんぐりと開けている。

「きゅ……きゅうじゅ？　【極炎の息】？　アヤメ、どういうこと？　その子っていったい……ん？

ママって？」

「なんでもないの」

説明が面倒なので、素っ気なく答えるアヤメ。アヤメは倒れているチンピラのほうを振り返る。

「で、これでも私たちに用があるっていうの？」

アヤメは、ふう、と溜息を吐いた。

二人の男の服は焼け焦げ、肌は真っ黒なススに覆われ、髪の毛はチリチリになっている。彼らに炎はかすってもいない。余波のその余波が軽く撫でただけだ。

「大きな〜炎が〜向かってきて〜」

死にかけたのがショックだったのか、何か歌のようなものがチンピラの口から漏れていた。

息はしているようで、一応命は無事だ。しかし、心身共に深いダメージを負ったようで、当分動けないだろう。

次にアヤメは塀に目を向ける。

キラナの炎は塀の上部をかすり、触れた部分を飴のように溶かしていた。

じゅうっと煙が上っている。

「さっきの火柱で、衛兵が集まってくるかもしれませんね」

リリアが心配そうに言う。

この光景を見られると面倒だ。特に、キラナの竜の息をどう誤魔化すか、とても厄介そうだ。

「キラナのせい?」

「ううん。キラナ、大丈夫」

キラナに笑いかけるアヤメ。これではすぐに衛兵が来るだろうと予想する。しかし、しばらく経ってもその気配はなかった。

なぜなら……。

「ギャアアアアアアアアッ！　グオオオオオオ！」

身の毛のよだつような、とてつもない叫び声が館のほうから聞こえてきた。

その場にいた全員が、耳をつんざく声に振り向く。

ゴゴゴゴと地鳴りのような音もする。

それに混じり、「キャー!!」という悲鳴も聞こえてきた。

しかし、高い壁に阻まれ何が起きているのかわからなかった。

「魔物の声がする?」

「ええ。でも……中を見ることができないので……」

しかし、聞こえてくる音だけでも、ただ事でない何かが起きている。どう考えても緊急事態だ。もし、フィーグが巻き込まれていたら?

何かあったとき、フィーグの力になるために私たちはここに来たのだ。——建前だけど。

「突入するの。キラナ、竜化《ドラゴンモード》、できる?」

「うん!」

キラナは空を仰ぎ、スキルを起動した。

「どらごんもーど!!」

キラナの体が光を帯び、変化していく。少女の体からドラゴンへ……。

「ちょっ……あの子……ドラゴン——ううん、竜人族?」

アヤメは、ティアの問いに答えず、キラナの変身を待つ。キラナの手足は、先ほどまでよりもさらに大きくなっていた。

「キラナは準備OKね、じゃあ、みんな、乗って！」

「はい！」

「え、ええ……!?」

竜化したキラナの背中に、アヤメ、リリア、そしてティアと風の大精霊が乗り込む。

キラナは羽ばたくと、素晴らしい速度で上昇した。大きな翼をはためかせ、その体が宙に舞い上がる。

あっという間に塀より高く跳ね上がり、眼下に館が見えるようになった。

「な、何あれ？」

リリアたちの目に映ったのは……酷い有様だった。

館の屋根が無残に崩れ、屋内が晒されている。そこから着飾った者たちが逃げ出している。

その元凶は屋根を突き破り、蠢いていた。とても大きく、黒色で、角があり、羽と尻尾が生えている。

「あれは……黒竜《ブラックドラゴン》？」

フィーグに教えてもらった知識をもとに、リリアはつぶやいた。

人が大勢いるこんなところで、酸の毒をまき散らしたらどんな被害が出るのか？　リリアはゾッとした。黒竜は髭をたくわえ、その姿はとても壮麗に見える。

「あれは……ただの黒竜じゃない。何千年も生きた黒竜よ。大きい……伝説級の古竜《エンシャントドラゴン》！」

「古竜!?　そんなものがどうして王都近くにいるの？」

黒色の伝説の古竜は小山のような大きさだ。

しかもその体には、無数の傷跡が見える。

恐らく歴戦の戦士だったであろうその古竜は今、怒り狂っていた。

館の周囲には、逃げ惑う人々がいる。見覚えのある姿があった。

「フィーグさん！」

思わず叫ぶリリア。一緒にいるはずのエリシスの姿が見えない。

「フィーグパパだ……いじめられてるの!?」

キラナがフィーグのもとに突如急降下を始めた。

第二十一話

伝説の古竜

先ほどから、フェルトマン伯爵の高圧的な態度にさらに磨きがかかっている。何か、嫌な予感がする。

「ああ。結婚はともかく、そのことを妻になった聖女デリラが知らない？」

「フィーグ様、フェルトマン伯爵の様子がおかしいです」

「聖女デリラ。お前も口答えするというのか？　従わねば後悔することになるぞ？」

「私はね、聖女なの。勇者パーティの仕事だってあるというのに」

「フン、これを見たら、お前は私に従うだろう。あの女の末路を、我が僕《しもべ》の姿を――」

フェルトマン伯爵は、懐から黒い球体を取りだした。

あれは水晶珠か？　似たようなものは前見たことがある。リリアが、アクファ同盟に奪われ、返して欲しいと言われた水晶珠に形が似ている。だが、それに比べると随分禍々しい。

フェルトマン伯爵が持っている水晶珠は真っ黒だ。

「スキル【規範召喚《パラゴン》】起動！　贄は、生意気な元婚約相手の神官、エリシス！」

フェルトマン伯爵の口元が歪み、笑みがこぼれる。

ただならぬ状況に、周囲にいた貴族は後ずさり、気の早い者は部屋の外に向かって逃げていく。

霧のようなもやがあらわれ、エリシスを包む。

「何っ？　エリシス！」

俺はその黒いモヤを振り払おうとするが、あっという間にエリシスの体が霧散してしまった。

「フェルトマン伯爵！　エリシスに何をした!?」

「はっ。私に楯突く生意気な女《エリシス》を生贄として活用してやっただけだ。すぐに我が使徒がやってくる。たかだか神官ごときでは小型竜《レッサードラゴン》ぐらいしか召喚できないだろうが」

生贄にしただと？　じゃあ……もうエリシスは……？

エリシスがいた場所にいつの間にか魔法陣が描かれている。黒い魔法陣から生えるように、大きな影が伸びていく。

「なんだあれは？」

「まさか、伯爵が召喚したのか……？」

「逃げろっ、巻き込まれるぞ！　館が崩れる！」

そんな声が貴族の間から聞こえる。

「ハハハハ！　お前たちは、そこで見ているがいい。ハハハハハ！」

やがて、そこに現れたのは——。

「グオオオオオォォォォン!!」

けたたましい咆哮が辺り一帯に響いた。

「なっ……なんだこりゃあああああ！」

その姿を見て、フェルトマン伯爵が蒼白になる。

翼を持ち、蛇のように長い首と尾を持つ巨大な生き物。

「む……無理だ……こんな怪物……制御できるわけが——」

フェルトマン伯爵は腰を抜かしその場に倒れた。巨体はこの広い館に収まらない。

髭を蓄え、壮観な姿は美しくもある。その姿は、まるで太古の昔から生きていると言われる……黒色の伝説の古竜。

「グオォォン」

再びの雄叫びと共に、巨体が動き出し屋根を突き破る。天井に大穴が開き、瓦礫が降り注ぐ。

その場にいたあらゆる者が逃げ惑い悲鳴を上げている。

だけど俺は……何もできず言葉を失った。エリシス。せっかく新しいパーティメンバーになってくれたというのに。

生贄ということは……その命と引き換えにした？

頭の中を絶望が支配しようとしたとき、

「フィーグ様！　ここはどこでしょう？」

「えっ？」

脳天気な声が聞こえた。

そういえばエリシスとのパーティが、まだ解消されていないことに気付く。どうにも間の抜けたエリシスの声が、俺の頭に響く。

「わぁ、フィーグ様がとても小さく見えます！」

「……いや、エリシスがでかいんだ。君は黒竜と同化している」

俺は安堵する。少なくとも、エリシスはまだここにいるのだ。

「……そのようですね。フィーグ様、ここはひどく暗い感情が伝わってきます。怒り、悲しみ、そして強い喪失感が」

「今すぐ助ける。すぐに竜と分離して――」

「いいえ……フィーグ様。私はこの竜の気持ちがわかるような気がします。このままでは……怒りで全てを焼き尽くしてしまいそうです。そうなる前に、説得を試みたいのです」

エリシスの提案はリスクが高い。成功するだろうか？　それに恐らく、王国は黒竜に対し、討伐隊を送り込んでくるだろう。

でも、それでもパーティメンバーができると信じ、俺に提案している。だったら――。

「わかった。エリシス、時間はあまりない。なんとか早めに――」

「わかりました。ありがとうございます……あっフィーグ様、上です！」

エリシスの声に我に戻る。

見ると、黒竜が俺を見下ろし息を大きく吸うのが見えた。竜の息の前兆行動だ。黒竜の毒の息が降り注いでくる。

俺は崩れた館を見渡し、人がいない方向に走りだした。

まだ俺の中には【前衛舞踏】のスキルが残っている。これを使って身軽に避ければなんとかなるかもしれない。

弱音を吐こうとした瞬間、

「パパぁ！」

キラナの声が聞こえた。同時に黒竜の口から真っ赤に燃えさかる炎が吐き出された。

「なっ……炎？」

「ダメえええええ！」

キラナは間一髪で俺を咥《くわ》え、炎を躱した。

しかし、それでもすさまじい熱風が俺を襲う。

「クッ……」

黒竜の吐いた炎は館の瓦礫にぶつかり、あっという間に火の手が上がる。周囲は赤く彩られ地獄の様相と化した。

間一髪、俺は助かったのだ。俺はキラナの背に移動する。

「フィーグさん！」

「お兄ちゃん！」

「フィーグさま……！　やっと会えた……！」

そこにはリリアやアヤメ、それに見慣れない少女がいる。ドルイドのような衣装を纏っているが、意味がないやつだ。どこかで見たような？　いや、今はそれどころじゃない。

「フィーグさん、この黒竜はエンチャント：【復讐者】を使っても倒せるかどうか」

「大丈夫だろうか？」

リリアは倒すことを考えているようだ。

「ダメだ。この黒竜の中にエリシスがいる」

「なんですって？」

俺の言葉に、リリアの顔が青くなった。そうだ、できる行動は限られる。

「キラナ、お願いがある」

俺は、キラナに指示を出す。俺たちを地面に降ろし、キラナは竜化したまま飛び立った。

黒竜は目前のキラナに炎の息を浴びせかける。もはや、目に映るもの全てに攻撃を仕掛けているようだ。しかし、すいすいと風を切って飛ぶキラナに追いつけない。炎の息も、爪攻撃も全て躱していく。

「すごい……キラナは【次元飛翔】を使いこなしつつある」

俺はキラナの成長ぶりに驚きつつ、みんなに話をする。

「作戦がある。危険だけど、協力してもらえるか？　エリシスが黒竜を鎮めようとしている。その間、時間を稼ぐため黒竜の足を止めておきたい」

「はい！」

「うん！」

みんなが俺の言葉に頷き、耳を傾けてくれる。

「まず――」

リリアは俺の護衛、キラナには空を飛び回り、竜に攻撃を仕掛けてもらう。アヤメには精霊を呼んで囮を作ってもらう。黒竜にどれだけ有効かは疑問だが、やらないよりはいいだろう。

それと、なぜか風の大精霊がいるから、コスプレ少女にも俺の援護にまわってもらおう。

「誰がコスプレドルイドよ！」

俺は、全員に号令をかけた。

「危険だと思ったら即作戦を破棄、退却し、身を隠して欲しい。決して命を落としてはいけない。では、行動開始!!」

「「「はい！」」」

各自が行動を開始する。

各自奮闘を始める中、リリアの護衛を受けながら俺はエリシスと意識を接続した。

「黒竜さん、黒竜さん。呼びかけに応えてください」

「…………許さん…………許さんぞ…………我が眷属を奪った人間を……」

エリシスと、竜の声が聞こえる。

「エリシス、状況はどうだ？」

「まだ、ダメです。人間に強い憎しみを抱いているようです」

そうか。この竜も失ったものが、奪われたものがあるのか。

どんなすれ違いがあったのかわからないが……だったら、俺がするべきことは……。

「説得を続けて欲しい。どうしてもダメそうなら教えてくれ」

「フィーグ様……はい！」

俺は周囲を確認する。みんな、黒竜の気を引いてくれている。おかげで、貴族たちは全員避難できたようだ。だが、複数人の騎士が黒竜に向け近づいてきているのが見えた。さっそく討伐隊を組んできたようだ。急がないといけない。

「フィーグさん、黒竜からの攻撃が来ませんね」

「ああ。うまくキラナやアヤメ、そして風の大精霊が気を引いてくれているようだ」

俺が再びエリシスに接続しようとしたとき。ゴロゴロ……と雷が鳴るような音がした。これは……まさか……。

空を見上げるとドーンというものすごい音と共に、キラナに黒い雷が落ちる。

「スキル【勇者：雷召喚《コール・ライトニング》】！」

「あっきゃあああああっ!!」

「キラナッ！」

直撃を受けたキラナの悲鳴が聞こえた。すぐに【竜化《ドラゴンモード》】が解除され落下を始める。俺は我を忘れキラナに向かって駆け出した。

間一髪のところで、キラナを抱き留める。キラナの顔は穏やかで、俺の体に鼻を寄せてくる。

「うーん……むにゃむにゃ……パパぁ」

多少肌に煤が付いている部分があるが、キラナに大きな怪我はなさそうだ。気を失っている……というか眠っているのか？

ふう、と一息ついたそのとき、

「よぉ、フィーグ。久しぶりだな」

そこには、黒い瘴気を纏った男がいた。見覚えのある顔。口元は相変わらず歪んでいる。

「勇者アクファ……どうしてここに？」

「いやぁ、黒竜が現れたとかで討伐を命じられてな。尋問を抜けられて助かったよ。目障りな蠅《はえ》がいたから雷を当ててみたが、お前と会えるとはな」

「キサマッ！」

俺は怒りに飲み込まれ目の前が真っ赤になる。抱いているキラナのスキルを無意識のうちに受け取る。

《スキル【竜化】を、【伝説の古竜】の属性を用いて魔改造します……成功しました。【竜化】は、【竜王化《ドラゴンロード・モード》】に超進化しました》

《【竜王化】起動します》

みるみるうちに地面が遠ざかり、勇者アクファが小さくなっていく。

俺は体が変化し、お伽噺《とぎばなし》に出てくる、竜の王《ドラゴンロード》――威厳と凜々しさを兼ね揃えた偉大な竜の姿となっていた。

「な……なんじゃこりゃああ！」

腰を抜かす勇者アクファを見ていると、俺は次第に冷静になっていく。こんな小さな奴に、俺は苦手意識を持っていたのか？

若干どうでもいいと思い始めていたけど、キラナを攻撃し多少なりとも傷付けた償いは必要だ。

「フィーグ様……気をつけて！」

エリシスの声に振り返ると、ちょうど黒竜が息を吸い込むところが見えた。

「……奪っただけではまだ足りず……竜の子まで傷付けたのか？」

黒竜の声がはっきりとしている。意識が少し戻ってきているようだ。エリシスが呼びかけ続けたからか？

「汚い雷で我が眷属を……許さんぞ……」

黒竜の視線の先には勇者アクファがいた。少し離れてキラナとリリアがいる。どうやらキラナは目が覚めたようだ。

俺はリリアとキラナを庇うように立った。そして、黒色の伝説の古竜に問いかける。

「なあ、俺の声は届いているか？」

「……何？　さっきから煩いぞ……」

よし、俺の声に応えた。俺が竜王となったのと、エリシスの声が届いていたためだろう。多少は話が通じるようになったみたいだ。

「あんたは、人間が憎いのか？」

「ああ……儂から全てを奪った人間が……。竜の皮を纏う人間よ、お前も……」

黒色の竜は大きく息を吸い、そして炎を吐き出した。

俺は襲ってくる炎に対して構える。

「ぎゃあああああああ」

黒竜が吐いた炎は、勇者アクファに襲いかかる。

「うおおおおお熱いっ、熱いぞっ。ぎゃあああああああ」

髪の毛がチリチリになり、顔は煤にまみれている。しかし倒れることもなく、真っ黒になったまま立っている。さすが腐っても勇者、耐性はなかなかのものだ。

「熱い……熱いっ……くっ」

しかし、炎の勢いの強さに立っていられず、

「くおおおおおぉぉぉぉぉ……」

強烈な火炎の渦に押され、勇者アクファは夜空に吹き飛ばされていったのだった。あの様子では……炭になってしまいそうだ。

「フィーグさん、次の息《ブレス》が来ます！」

勇者だけではなく、黒竜は俺たちのほうにも竜の息を吐こうとしていた。

伝説の古竜の炎のブレスと、俺の竜王の防御力。どちらが強いか？

「だめっ！　パパをいじめてはだめ！」

俺と黒竜の間に、再び竜化したキラナが割り込んできた。両手を広げ、俺を庇うように黒竜の前の空中で静止する。

「キラナ、危ない！　そこをどけ！」

「い、イヤ。パパをまもる！　だって、わたしだって守られてるだけなのは、いやなの！」

キラナ……。涙声で叫ぶキラナに、不覚にも泣きそうになった。俺は駆け出し、キラナを抱える。

目の前には、大きく開いた黒竜の口があった。さて、この至近距離で炎を浴びて平気でいられるだろうか？　俺は目を瞑った。

しかし、いつまで経っても、灼熱の炎が俺に向かってくることはなかった。

黒竜は喘ぎながらも、踏みとどまっている。どうやら俺たちを攻撃する様子はなさそうだ。

「竜の子よ。どうして人間を庇う？　その者は竜に化けているが、中身は人間だぞ？」

「パパは、たいせつな、かぞくだから」

「家族か。お前に人間の血は流れていないようだが……何があった？」

「それは……」

キラナは、涙声になりかけていた。俺は、キラナの頭を撫でながら、代わりに答える。

「話せば長くなる。ゆっくり俺と話そうじゃないか？」

ガンッ！

黒竜の爪が、突如振り下ろされ俺の腕に傷を付けた。銀色の血が流れ出す。

「おい、どうした？」

「儂はゆっくり話を聞きたいのだが……体が言うことを聞かない」

再び振り下ろされようとする腕を掴む。今、この黒竜と対等に戦える大きさになっていることを感謝する。

俺は黒竜と取っ組み合いを始めた。当然、黒竜は抵抗してくる。

「済まぬ……人間よ……なんとかならんか？　なんなら、儂を殺してくれても——」

「心配するな。俺が暴走状態を止めよう。できるだけ、じっとしておいて欲しい」
「わかった。やってみよう」

『名前：アルゲントゥ（銀竜族）
職種スキル：
【銀竜族：炎の息】LV99　【銀竜族：麻痺の息】LV99
【銀竜族：飛翔】LV99　【銀竜族：歴史記憶】LV99
【銀竜族：人化《ヒューマンモード》】LV99
状態スキル：
　年齢：1680歳
　生死：生
　精神：
　　発狂：《【警告！】：エリシスを融合したため、精神が暴走中》』

「スキルメンテ起動！」
《精神：発狂状態を修復。成功しました》
《ただし、発狂状態は融合状態の解除をもって停止します。エリシスの分離が必要です》
暴走を鎮めるだけでは足りないらしい。エリシスの分離……？

「フィーグさん、一つ試したいことがあるのですが、いいでしょうか？」

俺が考え始めると、リリアが提案をしてきた。

なるほど。ここで、あのエンチャント……【探索者】と【復讐者】を使うのか。エリシスは自信があるから提案してきたのだろう。だったら俺の役目は——。

「ああ。任せる。全てを切り裂く力に期待しよう」

「ありがとうございます。では！」

リリアは颯爽とエンチャントを起動。【探索者】でエリシスの位置を探した。

どうやら、黒竜の後頭部に存在するようだ。俺は、リリアを持ち上げる。

「では、いきます。【復讐者】起動！」

リリアの剣が煌めき、黒竜の体を切り裂いた。

それは、まるで当たり前のように成功し……エリシスが黒竜から分離されたのだった。

「えっ……ええええええ」

突然、素っ頓狂な声が聞こえたと思うと、エリシスが両腕をのばして、黒竜の背中にしがみついている。素っ裸で。

「えええ……降ろして……い、いや……その前に服を……」

エピローグ

俺は竜王化を解除。エリシスは服がなかったので、とりあえず俺の上着を貸すことにした。

「フィ、フィーグ様……ありがとうございます」

「エリシス。よく頑張った。君のおかげで竜を鎮めることができたよ」

「わ、私のおかげ……ですか？」

「うん。ありがとう」

「あっ……あれっ……からだが……震えて……」

「怖かったのか？」

「そ、そうだったみたいです……ひっ、ひっく……」

俺はしばらく、泣き止むまでエリシスの頭を撫で続けた。

俺たちを見つめる竜の鱗は今、銀色に輝いている。月の光を浴びてきらめく姿は美しくも荘厳だ。

確かに竜の息は炎だった。少なくともそれは黒竜が吐くブレスではない。黒竜だと思っていたが、その実態は銀竜だったのだ。キラナと同じ係累《けいるい》だろうか？

キラナのたまごと同じように、人為的に暴走させられたものは黒く変色するようだ。

銀色の伝説の古竜は騎士たちが集まってきたのを見て、空に飛び立っていった。また会うことがあれば、キラナとの出会いについてを伝えるべきだろう。

俺たちは騎士たちの事情聴取を受けることになった。

騎士といっても、俺たちの話はまとめてエリゼ殿が聞いてくれた。

この一件は伯爵が引き起こしたという見解のようで、他の目撃者の証言と一致したのもあって、俺たちは特に咎めもなかった。

黒竜かと思われていたのが、実は銀竜だったことも伝える。信じられない様子だったが、その対応は時間をかけて検討するようだ。

「それで、エリシス殿を生贄に竜を召喚しようとした伯爵だが……」

このまま捜査が進むと、恐らく伯爵は国家反逆の罪に問われるかもしれないとのことだった。

反逆の罪は重い。伯爵と伯爵に近しい一族は全員処刑される可能性がある。

もっとも、伯爵自身に身寄りはいなかったそうだが……実は一人いた。妻となった聖女デリラだ。

彼女は親族と見なされ、拘束されているという。

「な、なんでよ！　私は勇者パーティの一員なのよ！」

どうやら、牢獄で叫んでいるらしい。

黒焦げになって吹き飛ばされた勇者アクファの消息は不明だ。どうやら殺人の容疑者として尋問を受けていたようで、騎士団による捜索が行われているとのこと。

◇◇◇

事件から数日後。

俺たちは故郷、イアーグの街に戻ってきた。もちろんスキル【次元飛翔】でひとっ飛びだ。

なお、エリシスは王都の教会と診療所に寄ってからイアーグに戻るという。

自宅が見えてくると、帰ってきたという実感が増す。

さっそく家に入り、俺たちはのんびりすることにした。

「ふいー、帰ってきたな」

「フィーグさん、忙しかったししばらく休みませんか？」

「お兄ちゃん、しばらくゆっくりしようよ」

「あたしもパパとゆっくりしたいー」

口々に休暇を勧められるけど……フレッドさんのところに依頼がたくさん来てそうなんだよなぁ。

でも、こうやってアヤメ、リリア、キラナと一緒に家にいると、帰ってきたという実感が湧く。なんだかんだ、みんなで家にいるのが一番だ。

家族ってこういう感じなのだろうか？

と、のんびりしようと思った矢先のこと。

「ふむ。ここにおったか人間よ、世話になったな」

一人の老人が家を訪ねてきた。

「えーっと、どちら様ですか？」

老人は執事服を着ている。相当な高齢のようだが、一つ一つの動作に隙がない。

「もう忘れたのか？　人間はこれだから……思い出せ。そこの竜の子の話とやらを聞こうではないか」

妙に背筋がピンとしていて、元気なおじいさんだ。覇気すら感じるその姿に、俺も背筋が伸びる。

「まだまだじゃのう。儂はアルゲントゥだ。先日は暴走した精神の整備で世話になったな」

あの銀色の伝説の古竜……なのか？　キラナはもう確信しているようで、老人――アルゲントゥに駆け寄る。

「あっ、あのときのおじいちゃんだ！　一緒に住むの？」

じいさんはひょいとキラナを抱いた。

「ああ、一緒に住むために来た。ふむ。なかなか聡くていい子ではないか。フィーグとやら、これから世話になる」

「えっ……嘘でしょ？」

事態を飲み込めない俺に、さらに追い打ちをかける者がいる。家の前に馬車がやってきたようで騒がしい。ブルッという馬の鼻を鳴らす声や、車輪のガタガタという音が聞こえた。俺たちはさっそく、家の前に出る。

目を丸くしたのはアヤメだ。眉を下げ、なんだか渋い顔をしている。

「あっ……どうしてなの……？」

騎士が護衛する馬車から降りてきたのは、見覚えある少女だ。以前会った時は、ドルイド風の服を纏っていた。今は、アヤメと同じような魔法学園の制服を着ていて、傍らには、風の大精霊が控えている。

「フィーグ様……急ぎの用事があります。詳しい話は魔法学園でします」

少女はそう言って馬車に乗るように促してきた。騎士たちが俺を逃がさないとでも言うように俺を囲む。この少女ティアとか言ったか？　随分気位が高そうだ。

俺が馬車に乗り込むと、当たり前のようについてくるリリアとアヤメ。キラナは家でアルゲントゥが面倒を見てくれるようだ。

「では、出発しますよ、フィーグ様」

ティアという少女は、にっこりとして俺の顔を見た。馬車が静かに走り始める。

俺は一体いつになったら休めるのだろうか？　などと思いつつ、頼られるのも満更じゃない自分に、少し驚いていたのだった。

《了》

あとがき

初めまして。手嶋ゆっきーと申します。本作を手に取っていただき、ありがとうございます。本作は「小説家になろう」様に投稿させて頂いていたところ、ありがたいことにお声をかけて頂き、この度書籍化の運びとなりました。

自らの小説が書籍になるのは初めての経験でしたので、本当に嬉しいです！　この場を借りてお礼を申し上げます。

私は仕事柄、表舞台ではなく裏側に回ることが多かったように思います。今作の主人公も前面に立つというよりは、裏側でサポートすることが多く、しかしいざというときは前面に出て活躍するという姿を描いたつもりでしたが、いかがでしたでしょうか。

もちろん主人公だけではなく、その仲間たちも魅力的なキャラクターたちですので、是非とも今後の活躍を楽しみにしていただけると嬉しく思います。

それでは謝辞を。

まずは担当のK様。この作品に可能性を見出しお声をかけて頂き、感謝の念に堪えません。ずぼらな私にお付き合い頂き、誠に感謝しております。

次にイラストを担当いただきました、ダイエクスト様。私のイメージを正確に形にして下さいました。自ら思い描いたキャラクターたちが形になりラフの時点で感激しておりましたが、完成に近づくにつれてさらに愛着が増していったように思います。魅力的で、とても可愛らしく描いてくださり、心からお礼申し上げます。

様々な形で助言をいただいた仲間の皆様。いただいた一つ一つの声がなければ、この作品は存在していません。改めて、この場で御礼申し上げます。

そして、名前を言えない、あの方。もし書籍化したら、謝辞でお礼を述べる約束を勝手にさせていただいておりましたが、覚えていらっしゃいますか？　まさに、今それが叶い感激しております。ありがとうございました。

最後に、ここまで読んで下さった読者の皆様に重ねてお礼申し上げます。本作品は私にとって初めての商業作品となります。少しでも楽しんで頂ければ幸いです。

また、もしよろしければ、ご意見やご感想をお聞かせください。

もし二巻が発売されましたら、その時はまたよろしくお願い致します。

手嶋ゆっきー

Written by Atoha
アトハ
Illustration
片倉響
俺だけ使える
古代魔法
基礎すら使えないと追放された俺の魔法は、
実は1万年前に失われた伝説魔法でした
規格外の最強魔法で
無双する!!
禁忌とされた
魔法体系の
失われし知識《ミッシングリンク》
=古代魔法
1巻発売中!
©Atoha

最強ギフトで
領地経営スロ〜ライフ
辺境の村を
開拓していたら
英雄級の人材が
わんさか
やってきた!
音速炒飯
Cyarhan Onsoku
イラスト riritto
1巻発売中!
父上!!!! 追放という試練、必ず乗り越えてみせます!!!!!!!!
(勘違い)
勘違いなのに…
最強の領地が
できちゃった!?!?!?
©Cyarhan Onsoku

【最強の整備士】
役立たずと言われたスキルメンテで
俺は全てを、「魔改造」する！ 1
～みんなの真の力を開放したら、
世界最強パーティになっていた～

発　行
2023年3月15日　初版第一刷発行

著　者
手嶋ゆっきー

発行人
山崎　篤

発行・発売
株式会社一二三書房
〒101-0003　東京都千代田区一ツ橋2-4-3 光文恒産ビル
03-3265-1881

編集協力
株式会社パルプライド

印　刷
中央精版印刷株式会社

作品の感想、ファンレターをお待ちしております。
〒101-0003　東京都千代田区一ツ橋2-4-3 光文恒産ビル
株式会社一二三書房
手嶋ゆっきー 先生／ダイエクスト 先生

Printed in Japan, ISBN 978-4-89199-942-1 C0093
※本書は小説投稿サイト「小説家になろう」（https://syosetu.com/）に
掲載された作品を加筆修正し書籍化したものです。